2.Auflage

© 2022, Andre John-Goergens
Herstellung und Verlag:
BoD – Books on Demand, Norderstedt
ISBN: 9783756205714

ZWEITE CHANCE
-Der Nekromant-

Von Andre John-Goergen

ZITAT:

Nicht den Tod sollte man fürchten, sondern dass man nie beginnen wird zu Leben.

-Marc Aurel-

PROLOG

Ein Blick, ein Sprung, ein letzter Gedanke. Im Freien fall der Erde entgegen. Was hatte ich auch für eine andere Wahl? Das Leben hat es eben nicht gut mit mir gemeint. Der Weg dem Boden entgegen scheint länger zu werden um jeden Millimeter den ich falle. Wie wird mein Körper aussehen? Was wird nach mir kommen? Wird man sich an mich erinnern? Der Wind der einem entgegenschlägt raubt mir den Atem. Eigentlich sollte meine Familie jetzt mal stolz auf mich sein. Der Junge zieht nie etwas durch! Kann er nicht einmal etwas zu Ende bringen? Zu Ende! gleich ist alles vorbei. Nur noch ein kurzer Augenblick, dann trifft mein Körper auf den steinernen Boden. Was für eine Ironie das ich mein Leben dort beende, wo ich am wenigsten gelitten habe. Viele Jahre habe ich hier in diesem Hochhaus gelebt. Sylvester und Weihnachten gefeiert, mich zum ersten Mal richtig verliebt und mein erstes richtiges Haustier gehabt. Der kleine Charly.... Die Hälfte des Falls habe ich hinter mir, doch wie lange falle ich jetzt schon? Stunden? Minuten? Oder doch nur Sekunden? Ach Mama wie sehr ich dich doch jetzt vermisse! Ob du aus dem Himmel siehst was ich Grade mache? Oder gibt es diesen nicht? Warum auch kommen jetzt diese Gedanken? Diese Fragen? Der Boden kommt immer näher und in meinem Kopf sammeln sich komische Gedanken…. Es ist kalt…. Warum interessiert es mich noch wie warm oder wie kalt es ist? Wäre es nicht mitten in der Nacht sehen die Blätter, die den Herbstlichen Boden bedecken nicht so aus wie schwarze Flecken. Noch wenige Meter dann ist es geschafft. Ich fange an durch den Wind kleine Sterne zusehen. Dann ist es endlich soweit, ein kurzer heftiger Schmerz durchzuckt mich und es wird dunkel.

KAPITEL 1 -ERWACHEN-

Langsam komme ich zu mir, mein Kopf.... Die schöne Filmfrage rennt durch ihn: ob sich jemand das Kennzeichen des LKWs gemerkt hat und so langsam lasse ich die letzte halbe Stunde Revue passieren. Ich stand auf dem Dach unseres Hochhauses....

Ich weiß ich bin gesprungen, weil ich mein Leben nicht mehr ertragen habe.... Und..... Ich bin auf dem Boden aufgeschlagen! Oder etwa nicht? Doch da bin ich mir ganz sicher....

Wie kann das aber sein, dass ich jetzt nachdenke was passiert ist?

Langsam fange ich an meine Augen zu öffnen, doch es ist verschwommen und zu hell um etwas zu sehen, woraufhin ich sie wieder schließe.

Ich muss den Aufprall überlebt haben....

Aber bis auf meinen Kopf der immer noch einen Güterzug beherbergt ist kein Schmerz zu spüren.

Bin ich gelähmt? Langsam bewege ich Zehen und Finger. Nein.... Ich spüre meine Glieder. Es ist irgendwie auch nicht mehr kalt.

Leise höre ich in mich rein und versuche zu erforschen, ob ich spüre ob etwas anders ist. Aber nein alles scheint normal zu sein.

Erneut versuche ich die Augen zu öffnen. Immer noch dieses grelle Licht und der Kopfschmerz lässt auch nicht nach....

Was kann ich noch alles bewegen.... Sehen ginge auch, aber es ist zu hell.... Ich kann riechen! Ja ich kann riechen, ein süßlicher Geruch von einem Kaminfeuer weht mir zu. Es riecht leicht modrig, wie Moos auf altem Holz. Ein leichter Eisen Geruch und der Geruch von frischem Fleisch mischen sich dort mit drunter.

Auch ein Dritter Versuch die Augen zu öffnen scheitert, wie die voran gegangenen. Was kann der Mensch noch, außer sehen und riechen?

Hören! genau ich habe Ohren!

Das Knacken eines Kaminfeuers ist zuhören.... In meinem Kopf überschlugen sich fragen mit Gedanken!

Warum gibt es vor dem Hochhaus einen Kamin?

Schritte von schweren Stiefeln sind zuhören....

Und dann das klirren von Metall auf Stein.

Ich versuche meine Augen zu öffnen und direkt treibt das Licht mir wieder ein stechen in den Schädel.

"Ahhhh, Er wird wach."

Ich versuche zu reagieren doch kein Wort kommt aus meinem Mund....

"Ruft den Heiler! Er wird langsam wach!"

Diese Stimme kenne ich nicht und was sagt er da.... Heiler.... Oh Mann bin ich in den

Kindergarten gefallen? Heiler das sagt doch schon solange kein Mensch mehr. Die Frauen Stimme die das sagt klingt nicht wie die eines Kindes. Aber sie ist es gewohnt zu befehlen, also bestimmt sowas wie die Oberschwester. Aber warum Heiler?

Immer und immer wieder Versuche ich erneut ein paar Worte rauszubringen, doch meine Stimme versagt noch im Hals. Wie schwer wurde ich verletzt....

Das klacken einer Tür im Zusammenspiel mit einer durchdringenden hellen Männerstimme, reißt mich aus meinen Gedanken.

" Ist er schon komplett übergetreten?"

Die Antwort der Frauenstimme ist nicht zu vernehmen. Es ist aber dieselbe von eben. Es muss die Oberschwester sein.

"Hey Junge, ganz ruhig, sobald du komplett hier bist, wird alles wieder wie vorher!"

Was meint er damit? Ich verstehe nicht ganz! wie Übergang? wie wenn ich hier bin? Was soll das bedeuten?

" Alice, wie lange denkst du braucht er noch?"

" Schwer zu sagen Doc..."

" Manche brauchen eine Stunde? Manche schaffen das in zehn.... Wieder andere schaffen es

nie."

Was reden die beiden da? Ich bin doch hier! Wie ich brauche noch Zeit? Und vor allem ich müsste doch tot sein....

Ich bin vom Dach eines 12-stöckigen Hochhauses gesprungen. Ich habe den

Aufprall gespürt und jetzt bis auf diese

Kopfschmerzen, spüre ich Garnichts. Was ist nur

los! " Alice, rufen sie mich, wenn er komplett da

ist. Vorerst kann ich eh nichts machen." Mehr

bekomme ich nicht mehr mit, da ich direkt

weggedriftet bin.

Ich weiß nicht wie viel Zeit vergangen ist, bis ich wieder erwacht bin. Aber dieses Mal ist es dunkel.

Ich öffne meine Augen und sehe mich um....

Die Kopfschmerzen sind weg. Langsam gewöhnen sich meine Augen an die Dunkelheit. Das Zimmer ist schlicht, ein Schrank aus Holz befindet sich direkt neben einer sehr Alten Tür, die aussieht als wenn sie provisorisch aus Restholz zusammengezimmert wurde. Ein kleines verziertes Bleiglasfenster auf dem ein Katzen-Mensch-Wesen zu sehen ist, versperrt den Blick nach draußen. Bei der Dunkelheit könnte ich wohl wahrscheinlich eh nichts sehen. Wo bin ich hier bloß! Ein Krankenhaus ist es aber wohl nicht. Neben dem mittelalterlich wirkenden Bett, auf dem ich liege, steht ein kleiner Holzschemel, auf dem eine Schale mit Wasser und Altenlumpen drinsteht. Ich muss kurz schlucken, da meine Kehle komplett trocken ist. Nur langsam realisiere ich, dass ich wieder alles spüren kann. Ich fühle mich leicht steif, als ich mich auf dem Bett aufrichte. Ich schaue an mir herunter. Meine Hose, meine Lieblingshose habe ich immer noch an. Kleine dunkle Flecken sind auf ihr zu erkennen.

Mein T-Shirt bedeckt meinen Oberkörper, es sieht so aus, als sei es frisch gewaschen. Kein

Hinweis auf ihm zeigt eine Spur von meinem Sprung.

Es kann aber auch sein, das ich einfach nichts erkennen kann.

Langsam fahre ich mit meinen Fingern vorsichtig meinen Körper ab. Kein Gipsverband, keine

Pflaster nirgends ein Anzeichen für eine Operation. Auch als ich unter mein T-Shirt fasse, keine Nähte oder ähnliches sind zu spüren. Was ist denn bitte passiert? Ich habe nicht nur den Sturz überlebt, sondern auch das Glück gehabt unversehrt zu sein. Mir ist immer noch ein bisschen schummrig und ich Versuche wach zu bleiben, aber umso krampfhafter ich es Versuche, umso mehr schlummere ich weg.

Das krächzen einiger Raben von draußen, reißen mich aus einem Traumlosen Schlaf. Stöhnend richte ich mich auf und Strecke meine Glieder.

"Ahhhh..... Endlich wach, was? Du hast uns echt Sorgen bereitet."

Erschrocken drehe ich schnell meinen Kopf zur Seite und bereue es sofort. Ein Stechendes ziehen Jagt durch meinen Nacken.

Ich blicke mit Schmerzverzehrter Miene in das Gesicht eines jungen Mannes, der schelmisch lachend, zurückblickt und mit seiner angenehmen leicht Tiefen Stimme auf mich einredet,

" Mach langsam dein Übertritt ist erst wenige Stunden her. Du musst dich noch ans hier gewöhnen."

" Wo ist denn das hier?" Erwidere ich ihm!

" Das hier? Du bist in Walhalla! Allerdings nicht das woran du jetzt bestimmt denkst! Dieser Ort wurde vor vielen Jahren so genannt! Weil man nicht wusste was das hier genau ist. In meinen Augen ist es einfach der Nimbus. Das Leben nach dem tot! Wo wir auch gleich zum Thema kommen! Wie hast du dich Umgebracht?"

Erstaunt schaue ich ihn an... Walhalla? Nimbus? In was für eine Scheiße bin ich denn jetzt Geraten....

" Woher........"

Wollte ich Fragen, als ich unterbrochen werde.

" .....ich weiß das du dich selber getötet hast? Ganz einfach. Hier kommt niemand her, nur weil er einfach gestorben ist. Jeder hier hat Selbstmord begangen. Lass mich raten es war Gift? "

" Nein ich bin von einem Dach gesprungen!"

" Misst ich schulde jetzt Alice einen Batzen Geld."

" Aber sag mal wer bist du?"

Frage ich ihn, während ich mich auf die Bettkante setze und ihn anfange zu Mustern. Er ist ein stattlicher Kerl, Nicht dick oder dünn, er ist in etwa so groß wie ich es bin und Trägt abgetragene, abgewetzte Kleidung, als hätte er sie schon hunderte Jahre an. Sein Gesicht passt perfekt zu seiner Erscheinung, etwas schmutzig um die Nase, auf der eine Brille Sitzt die, die tiefbraunen Augen betont.

" Wer ich bin? Alle nennen mich den Heiler, aber mein Name ist Anton und Ja bei mir war es Gift."

Antwortet er und lacht leise los, als hätte er meine Gedanken schon gewusst, bevor ich sie selber weiß. Auch diese Gedanken schien er zu erahnen.

" Du bist nicht der erste der hier angekommen ist und dem ich geholfen habe den Übergang zu schaffen."

Ich will grade noch eine Frage ansetzen,
als die Tür aufspringt und ein vielleicht
18 Jahre altes Mädchen hineintritt.

" Ist er..... Oh! Hallo ich bin Alice! Schön das du
wach bist. Ich sage gleich der
Küche das man dir was zu essen bringt. Aber wie
heißt du?"

" Ich bin........"

Wieder werde ich von Anton unterbrochen.

" Alice geh in die Küche und sag Bescheid, er ist
grade erst wach! Lass ihn doch erst mal zu sich
kommen!"

Mit einem "Püh" huschte sie aus der Tür und
verschwand.

" So du hast die einmalige Chance dir einen neuen
Namen zu wählen! Niemand hier weiß, wie du
heißt und durch das namens Buch, wirst du
später deinem Beruf erhalten. Aber das wirst du
noch sehen, also wie magst du heißen?"

" Ich werde es mir bis nach dem Essen
überlegen, wenn das Okey ist?"

" Ja natürlich, nur zu, aber danach müssen wir
zum Namenskundler, um deinen Job zu erfragen!

Also viel Glück!"

Ein komisches System, wenn man durch seinen Namen, seine Arbeit genannt bekommt, aus einem namens Buch, bei einem Namenskundler.

Ein paar Minuten schaut mich Anton noch an, bis er aufsteht, sich streckt und sagt das er schaut wo das Essen für mich bleibt, wobei er den Raumverlässt.

Immer noch hängt mir Walhalla nach und ich fange an über Namen nachzudenken, welchen ich mir für einen wählen soll. Er sollte schon mächtig sein. So wie Alexander oder Leonardo! Wie ich in dem Moment auf die Turtles komme, habe ich keine Ahnung. Oder was gruseliges wie Vlad oder doch was Göttliches wie Anubis.... Nein.... Das ist alles nichts... Meine Gedanken werden durch das klacken der Zimmertür unterbrochen. Ein junger Diener oder Sklave...? An seinen Armen sind Ketten, wie Handschellen auf denen er ein Tablett Balanciert, auf dem offenkundig Essen für eine ganze Familie drapiert ist.

Ich schaue ihn mir an und sage höflich danke, als er das Essen auf den Schemel artigen Nachttisch abstellt und sich verbeugt. Ohne ein Wort verlässt er den Raum und ich kann deutlich die Spuren einer Peitsche erkennen, die ihn zugerichtet hat.

Eine Brand Nabe auf seinem rechten Schulterblatt, lässt mich auch sofort den Namen erkennen den ich mir geben will. Hagen! Wie Hagen von Tronje. Böse und gut, ein Held und Mörder. Alles zusammen es passt so gut.

Zufrieden drehe ich mich zum Essen hin und beginne lustvoll zuzuschlagen.

KAPITEL 2 -NAME-

Nach dem Essen fühle ich mich echt wie gerädert. Ich habe gedacht das Anton kommt, um mich zu holen wegen diesem Namens-dings-da, aber er lässt sich echt Zeit. Ich schaue auf die riesengroße Platte und bin verwundert das ich, dass alles aufbekommen habe. Eier, ein gebratenes Stück Fleisch, wahrscheinlich Ente, Apfel mit Honig, eine Art Reis und ein halber Laib Brot und das tollste, mitten drin ein ganzer Krug Apfelsaft. Jetzt weiß ich wie ein König sich wohl fühlt. Allerdings ist von Anton keine Spur zu erkennen. Ich stehe auf, gehe zum Bleiglasfenster und versuche einen Blick rauszuwerfen, öffnen kann man es nicht und das durchschauen ist fast unmöglich, obwohl das warme Licht scheinbar problemlos und sofort mein Gesicht erwärmt. Doch sehen kann man absolut nichts. Es klopft und die Tür geht auf. Alice Steht drin und mustert mich.

" Naaa? wie sieht es aus? War es leck???"

Sie verstummt, als sie das leere Tablett sieht.

" Anscheinend ja."

Und sie lacht los.

" Wo ist Anton? Ich warte schon auf ihn!"

" Er hat zutun und hat mich gebeten dich zu begleiten, wenn du mit essen fertig bist! Was wohl jetzt der Fall ist! Aber wie darf ich dich jetzt nennen?"

Kurz überlege ich und sage mit einem versucht freundlichem Unterton,

" Mein Name ist Hagen."

Jetzt sehe ich in ihr etwas irritierend drein Blickendes Gesicht.

" Hagen? Wie die Stadt Hagen? Du hast ja einen merkwürdigen Geschmack!"

Nein obwohl es ebenso geschrieben wird, aber wie Hagen von Tronje eben, aus der Nibelungensage!"

" Ich glaube du verwechselst etwas."

Sprach sie und führte fort,

" der Held hieß doch Siegfried."

" Ja schon aber sein Widersacher und Mörder war Hagen von Tronje!"

" Den kenne ich gar nicht."

Sagt Alice und schaut dabei als wenn sie nachdenken muss, ob ich sie verarsche.
Alice ist etwas kleiner als ich selber bin, auch sehr schlank und hat rote Haare, passend zu ihren Sommersprossen. Ihre Haare sind ungewöhnlich kurz und strubbelig was ihr den Anschein gibt, als wenn sie nicht so ganz hier in dieses Szenario passt. Sie erinnert etwas an Karla Kolumna aus Bibi Blocksberg. Nur ihre Stimme, die einen angenehmen Nachklang hat, passt nicht zu dem Bild in meinem Kopf.

" Hey Träumer! Lass uns gehen. Du wirst überrascht sein, was du hier alles zu sehen bekommst!"

Sagt sie noch, als sie den Raum verlässt. Ertappt fange ich an zu lächeln und gehe ihr hinterher. Wie der Raum ist auch der Gang dahinter schlicht gehalten. Die grauen Steine an den Wänden lassen den Gang wie einen Kerker wirken und die In Öl getränkten Fackeln, welche einen süßlichen Duft abgeben, tragen nicht gerade dazu bei einem anderen Eindruck zu bekommen.

Dieser Flur ohne Fenster und ohne Bilder wirkt echt bedrückend. Das klacken von Alice Schuhen hallte durch die Wände zurück, wodurch mir auffiel das ich keine Schuhe trage, sondern nur mit Socken auf dem Boden laufe, allerdings ist mir nicht Mal kalt. Bei meinem Sprung war es Herbst und es fing schon an zu frieren, aber hier ist es warm, wie im Hochsommer.

" Du Alice... Ich glaube ich brauche Schuhe!"

Alice schaut mich an und murmelt etwas Unverständliches. Ich höre nur Scheiße raus.

" Was hast du gesagt? "

" Immer wieder vergesse ich etwas.... Sobald wir deinen Job kennen, zeige ich dir den Schuhmacher!"

Ich fühle mich einfach unwohl. Das sanfte tatch.... Tatch.... Was meine Schritte auf dem steinernen Boden klingen lässt, wirkt auf mich sehr peinlich. Ich laufe ihr immer noch nach und meine Neugier kennt keine Grenzen. Jeder Spalt im Gestein und jeder minimale Abweichung an Farben und Mustern lassen mich wirken wir ein

Kleinkind, das zum ersten Mal im Museum ist. Museen.... Ich habe früher viel Zeit im Museum verbracht. Ich glaube das ich mehr Zeit dort als im Bett verbracht habe. Ob es hier wohl auch welche gibt? So langsam dämmert mir etwas, es gibt keinen Strom. Es hätte mir auffallen müssen, weil ich keine normale Glühlampe gesehen habe. Nur diese Fackeln. Ich bin wohl wirklich im Mittelalter gelandet. Vielleicht kann ich ja ein Erfinder werden, mit all meinem Wissen über die (Zukunft). Alice Blickt in mein Gesicht und fängt direkt an zu kichern.

" Ich kenne deinen Blick und nein, du kannst kein Erfinder werden! Viele Sachen aus deinem alten Leben gehen einfach nicht. Strom zum Beispiel! Es gibt keine Magneten!"

Naja so schnell ist der Traum ausgeträumt.

" Wie ist es denn mit Fahrzeugen?"

" Mach mal langsam du wirst einiges schon sehen, aber Kutschen und Pferde gibt es! Benzin gibt es nicht. wie auch ohne Strom."

Irgendwie logisch.... Also das Rad wurde erfunden. Na dann werde ich wohl kein Erfinder.

Langsam laufen wir auf einen hellen Gang zu. Dort gibt es Glas lose Fenster, endlich werde ich mal was von der Umgebung sehen! Schritt für Schritt, gehen wir auf das Licht zu, welches durch die hohen Fensterbögen reinfällt. Als wir die Bögen erreicht haben bleibt Alice stehen und schaut hinaus. Ich trete neben sie und mir bleibt der Mund offenstehen. Das was ich dort sehe ist unvorstellbar! Es ist höher als ich dachte. Wir stehen auf einen Berg, genauer die Burg! Der Blick hinaus geht Grade zu auf einen wunderschönen Frühlingswald in voller Blüte zu. Die weißen und Rose Blüten, bildeten mit dem satten Grün und dem klaren blauen Himmel ein wunderschönes Farbenspiel. Im Hintergrund ist ein riesiger See zu erkennen, der sich bis zum Horizont erstreckt oder ist es sogar ein Meer? Auf ihm sind zwei Fischerboote in vollen Segeln zusehen. Dieser Anblick ist grandios. Ich drehe mich um und renne zur anderen Seite, dort schaue ich in einen Innenhof. Die Burg ist riesig! Der Hof der umrandet ist von ebensolchen Mauergängen, wie dem auf dem wir geradestehen. Hier scheinen tausende zu wohnen. Im Hof steht wie man es sich vorstellt ein kleiner Brunnen in der Mitte. Es herrscht reges Treiben dort unten. Ein Schmied hämmert etwas auf einem

Amboss, eine Frau eilt Grade mit einem riesigen Korb roter Früchte, wahrscheinlich sind es Äpfel, an ihm vorbei. Ein paar Kinder sind einen Mann mit Rüstung am Ärgern, der drohend eine Faust schwingt. Überall sind noch andere Szenen zu erkennen, ich kann mich gar nicht mehr losreißen, hätte Alice nicht angefangen zu lachen.

" Du kannst hier noch lange zuschauen, aber wie wäre es, wenn du deinen Mund zumachst und wir dir endlich einen Job besorgen. Danach können wir eventuell zurück und du kannst weiter schauen."

" Was meinst du mit eventuell?"

" Es gibt Jobs außerhalb dieser Mauern, um ehrlich zu sein die meisten, aber das entscheidet sich durch deinen Namen!"

Langsam gehen wir weiter und laufen auf einen weiteren Gang zu. Wir biegen nach rechts ab und kommen in einen großen Saal, mit nur einer riesigen Tür! Sie ist mit einem Merkwürdigen

Schlangenmuster welches ins Holz geritzt ist verziert und dazu golden angemalt. Merkwürdig und beängstigend zugleich. Ebenso wirkt das Licht hier drin, wie absichtlich dunkel gehalten. Alice geht an das Tor heran und klopft hart mit der Faust dreimal an die Tür, woraufhin sie mit einer Leichtigkeit Aufschwingt die ich ihr nicht zugemutet habe.

" Ab hier musst du alleine hinein."

Ohne ein weiteres Wort nicke ich sie an und trete durch das schwere Tor hindurch. Was so gleich hinter mir zu schwingt.

KAPITEL 3 -ARBEIT-

So wie die Vorhalle, so dunkel ist es auch hier drinnen. Ich habe ja mit viel gerechnet, nur nicht mit einer Bücherei. Tausende Bücher bis unter die Decke gestapelt! Die meisten hatte niemand, seit Jahren mehr in der Hand. Auf mehreren Tischen stapelten sich unter einer Staubschicht Bücher über Bücher. Ab und an hörte man ein leichtes Husten, ein kratzen eines Federkiels auf Papier. Langsam gehe ich durch den Raum und blicke mich weiter um. Als eine tiefe kratzige Stimme sagt.

" Komm schon her!"

Es war kaum auszumachen, woher die Stimme kam, aber ohne mich beirren zulassen ging ich weiter, bis ich mit dem Knie an einen Tisch trat, schmerzerfüllt die Luft zwischen den Zähnen einsog und dabei einen dicken Wälzer vom Tisch warf, der krachend auf den Boden schlug. Die Stimme räusperte sich kurz.

" Komm jetzt her! Bevor du etwas kaputt machst du Narr!"

Langsam aber vorsichtiger ging ich weiter und merkte das der Raum größer wirkte durch seine Höhe und das schummrige Licht, als er wirklich war. Wenige Schritte weiter, steht ein schreib Tisch auf dem eine Kerze brennt.

" Setz dich schon hin, wir haben nicht den ganzen Tag Zeit."

Ich ziehe einen kleinen Stuhl an mich rann und nahm drauf Platz. doch niemand war zusehen. Die Stimme scheint zwar vom Tisch zu kommen aber es ist niemand zu sehen.

" Sooo... Du willst also einen Job?"

Irritiert schaue ich auf den Leeren Stuhl vor mir. Und bemerke jetzt erst das er gar nicht leer ist. Ein kleiner... Ein sehr kleiner Mann sitz dort auf dem Stuhl, er ragte Grade so über die Tischkante hinaus. Ob es hier Gnome gibt?
Denn er scheint einer zu sein. Er hat Hand große Ohren und eine lange Nase.

" Sehr gesprächig bist du wohl nicht!"

Krächzte er und fuhr fort:

" wie sind deine Referenzen?"

" Meine was?"

" Deine Referenzen, mein Gott, du bist wohl nicht Grade der hellste was? Hat man dir denn Garnichts erklärt?"

" Ich habe früher als........"

" Nein!!!!! Oh mein Gott wie ist dein Name!!!"

Kam jetzt schon bald aggressiv aus ihm raus.

" Ich bin Hagen!"

."Geht doch!"

." Sprach er jetzt zufrieden und sprang vom

Stuhl und marschierte los zwischen die Regale.

" Hagen..... Wie kommt man auf Hagen?.... Ach ich will es nicht wissen."

Anscheinend muss er selber suchen. Es ist echt komisch hier drin. Diese Dunkelheit wirkt richtig melancholisch. Als von der Seite der größte Welzer ankommt den ich je gesehen habe, wundert mich hier Garnichts mehr. Der Gnom lässt ihn auf den Tisch fallen, so dass eine riesige Staubwolke alles so tief in Dunkelheit stürzt, das selbst einen Meter vor mir nichts mehr zu erkennen ist. Ich kann zwar nichts sehen, höre aber immer noch gut und bemerke, wie der kleine Mann sich den Tisch hochwuchtet. Das Ratz....Psisch.... Eines Streichholzes ist zu hören. Das Buch hat wohl auch die Kerze ausgeblasen. Trotz des noch dichten Staubs, ist der Schein der Kerze zu sehen, der über das Buch schwenkte.

" Soooo dann wollen wir doch mal schauen."

" Hagen..... Hagen...... Ahhhhh hier. Haben wir dich doch. Soooo....."

Voller Spannung warte ich auf das Ergebnis. Was für ein Job wird es wohl sein.

" Junger Herr Hagen, du wirst wohl umziehen müssen! Was eine Ironie so lange schon warten wir auf dich und endlich bist du da. Dann mal alles gute!" Verdutzt schaue ich in den Staub. Anscheinend bin ich wohl Gott, wenn alle darauf warten! Aber mir brennt halt die Frage voll auf der Zunge.

" Endschuldige?! "

" Mein Herr Hagen! bist du noch da?"

" Ja! Ich weiß ja immer noch nicht was ich jetzt für einen Beruf habe!"

" Oje oje oje.... Das tut mir leid mein Herr."

Der Staub ist immer noch so dicht das ich nichts sehen kann, aber ich habe das Gefühl, so wie er spricht und was er sagt, dass er sich auf die Knie wirft.

" Mein Herr, ihr seid der neue Fürst von Idra. Die Burg Idra liegt im Norden und ist eines der herzlichsten Orte des gesamten Königreiches! "

" Fürst?"

"Ja ihr seid nun der Fürst! Und ihr werdet dort regieren. Asooo bevor ich es vergesse! Wenn ihr abreißt in euere Burg, nehmt 2 Diener eurer Wahl mit und Pferde für euch. Ich bin so stolz das ich euch ernennen dürfte!"

" War das nun alles?"

Er überlegt kurz und sprang ohne ein weiteres Wort mit einem dumpfen Aufprall vom Tisch. Er eilte in die Gänge, da sich langsam der Staub legt, sehe ich ihn Grade noch um die nächste Ecke verschwinden. Sein kichern und das laute tapsen seiner Füße, kündigt ihn wieder an. Mit 3 Schriftrollen auf dem Arm und einem Grinsen im Gesicht welches kaum größer sein kann.

" So junger Herr! Das gebe ich euch noch."

Erst legte er die drei Schriftrollen auf den Tisch um sie in einen kleinen Lederrucksack zupacken und kommt dann auf mich zu! Er greift kurz an meine Hose und befestigt einen kleinen klimpernden Geldbeutel an einer Schlaufe von meinem Gürtel.

" Jetzt geht euch einkleiden! Wie ich sehe braucht ihr neue Schuhe!"

Also Burgherr.... Fürst.... ich.... Oh mein Gott! Leise murmelte ich: Danke und gehe immer noch staunend auf die Tür zu. Sie war geschlossen, aber ließ sich so leicht öffnen wie die

Tür eines Badezimmers. Ich habe noch nicht einen Fuß durch sie hindurch gesetzt, als eine Frauenhand mich packt und mich wuchtvoll nach draußen zieht. Es ist Alice, ihre strahlenden Augen sagt mir bereits die Frage die ihr auf der Seele brennt!

" Und sag sch....."

Dieses Mal unterbrach ich sie,

" Ja ich muss das selber erstmal verdauen."

" Ohje ist es so schlimm?"

" Schlimm eher weniger ich bin geflasht!"

" Kannst du hier in der Burg bleiben, oder musst du in ein Dorf ziehen?"

" Sag mal Alice wo liegt Idra? Ist es weit weg? "

" Was sollst du denn bitte in Idra? Oh man, das ist zu Fuß etwa 2 Wochen entfernt! Musst du etwa dort hin?"

" Wir werden dorthin gehen müssen!"

In dem Moment, als ich das aus gesprochen habe Wisch alle Farbe aus ihrem Gesicht, als hätte ich ihr Grade gesagt das ihr Lieblings Kaninchen gestorben ist.

" Wir? So wie du und ich?"

" Fast so wie du, Anton und ich!"

" Was ist mit mir?"

Antons Stimme hallte zu uns rüber. Leicht Außer Atem rennt Anton auf uns zu und keucht.

" Hab.....ich es verpasst? Bleibt er hier bei uns?"

Er hat die Frage offensichtlich an Alice gestellt, und erwartete wohl eine Antwort Aber Alice ist scheinbar in einer Art Schockstarre gefangen. Sie schaut gegen die Wand und fängt an los zu murmeln:

" Ans andere Ende des Landes."

Irritiert schaut Anton zu mir rüber.

" Musst du ans andere Ende des Landes? Ich hätte nie gedacht das du bei ihr so einen Eindruck hinterlassen hast.

" Ich huste einmal leise vor mich hin. Mit komplett belegter Stimme antwortet sie.

" Wir! Wir gehen alle drei....."

Ihre Stimme wird immer höher bist sie mitten im Satz abbricht. Allerdings hat es gereicht das Anton jetzt auch Käse Weiß wird. Anscheinend war diese Neuigkeit mehr ein Schock als ein Segen.

KAPITEL 4 -VORBEREITUNG-

Wir gehen ohne weitere Gespräche zusammen in mein Zimmer. Als wir ins Zimmer hineinkommen, ist die Stimmung zum Schneiden angespannt. Anton lässt sich gleich auf den Stuhl fallen und schaut mich an, während Alice durchs Zimmer aufs Bett zuläuft und versucht gefasst zu fragen, was sie aber kaum hinbekommt:

" Was..... Was für einen Job hast du bitte bekommen, der dafür sorgt das ›› Wir ‹‹ zusammen mit dir zum Arsch der Welt gehen müssen? Und vor allem wo sollen wir wohnen?"

" Also....."

Als ich ansetzte wurde ich gleich von Anton unterbrochen.

" Wohin sollen wir über Haupt gehen?"

" Lasst es mich euch doch erklären! Wir drei sofern ihr überhaupt wollt, sollen nach Idra gehen."

35

Das Gespräch wird grade zu einem Zwiegespräch zwischen Anton und mir.

" Also ihr beiden, ich bin der neue Fürst von Idra."

Kaum ausgesprochen, ändern sich die Gesichtszüge der beiden und zwar so sehr, dass sie undefinierbar sind, woraufhin ich fortfuhr.

" Ich soll nach Idra aufbrechen und soll zwei >>Diener<< mitnehmen. Ich dachte mir ich nehme euch! Sonst kenne ich ja auch niemanden."

" Also, Hagen Fürst von Idra! Ich habe ja mit allem gerechnet, aber nicht damit das du von Adel bist, mein lieber Freund!"

Anton gibt es so von sich, dass es schon bald spöttisch klingt. Was wohl auch Alice bemerkt hat und mir zur Seite springt.

" Anton!...... Also Hagen ich fühle mich geehrt, dass du an uns denkst! Aber bitte verstehe auch Anton. Er ist ein angesehener Heiler und ihn zum Diener zu
deklassieren, ist schon ein Schlag ins Gesicht."

Anton schaut verlegen zu Boden. Worauf hin ich meine Hand auf seine Schulter lege.

" Ach mein Freund ich habe mich falsch ausgedrückt! Werde mein Fürstlicher Arzt und

Alice...."

Mist manchmal sollte ich erst nachdenken! Ich weiß gar nicht was sie beruflich macht.

" Alice was ist denn dein Job?"

" Ich bin Dienerin."

Antwortet sie und fängt sofort an zu lachen.

" Nein Quatsch. Mein Job ist nicht so kompliziert wie eurer, ich bin einfach nur eigentlich eine Bogenschützin und Jägerin."

" Ist doch toll!"

Aber so langsam scheint sich ihre Haltung ins Positive zu ändern. Okey damit habe ich nicht gerechnet, ich dachte ehr an eine Krankenschwester oder sowas.

" Okey wir sollen 3 Pferde mitnehmen und vorher einkaufen! Ich habe extra diesen Sack Geld bekommen."

Ich leere diesen auf dem Tisch aus und sehe schon wieder, in Gesichter, die fassungslos aussahen. Ich lasse sie sich etwas beruhigen und zähle dabei die kleinen goldenen und silbernen Münzen durch. Zwanzig goldene und 30 silberne genau. Antons blickt von den Münzen auf zu mir und sagte nur:

".....Vermögen......" und auch Alice Blick sagt mir

das es sich dabei wohl nicht um Kleingeld

handelt.

" Also das ist viel Geld oder?"

Nach meiner Aussage weiß ich wie dumm der Satz war, aber woher soll ich wissen was viel Geld hier ist. Schließlich habe ich hier noch kein Geld in der Hand gehabt. Alice hat die Frage direkt verstanden.

" Äm Ja! 50 Kupfer Taler sind eine Silber Münze. Und 50 Silberne sind ein Gold Taler. Das heißt es ist sehr viel Geld! Die meisten Bewohner hier bekommen in ihrer ganzen Zeit nicht Mal eine Goldmünze und da liegen gleich, 17....18....20 Goldmünzen!"

" Also wenn ihr beiden fertig, seit mit Geld zählen, können wir doch jetzt einkaufen was denkt ihr?"

Antons Frage kann nicht spöttischer sein.

Wenig später gehen wir auch schon raus auf den Burg Hof, mit seinem üppigen Markt. So groß sah er von oben gar nicht aus, wie sich jetzt aus der Nähe feststellen lässt. Aber nicht nur ich scheine zu staunen, Alice und Anton machen es mir gleich. Überall Preisen Händler ihre Ware an. Ich habe nicht gedacht was man hier an Auswahl bekommt. Eine Frau Preist ihren frischen Fisch an. Ich erkenne Hering und einige Fische, die ich noch nie gesehen habe. Ihr gegenüber brüllt ein Mann, dass seine Äpfel, die saftigsten sind und vieles mehr. Der eine Stand hat Töpferwaren, ein anderes Holzspielzeug, vor dem eine ganze Schar Kinder steht und ihr

>> Ohhhhh<< und >> Ahhhhh<< ist laut stark zu hören. Wir schlendern weiter bis Alice Aufschrei uns zusammenzucken lässt.

" Hagen! Da ist der Sattler, bei Ihm bekommen wir Schuhe für dich."

Noch bevor einer von uns was erwidern kann, packt sie mich am Arm und zerrt mich zu einem kleinen Stand, der über und über mit Leder bedeckt ist. Ein Kerl von einem Mann steht an einer Chaiselongue und hämmert Grade ein paar Nägel, durch ein Stück Leder, ins Holz und bespannt sie damit.

" Ich bin gleich da!"

Ohne aufzusehen kam sein Ruf der uns auffordert zu warten.

" Viel scheint hier ja nicht los zu sein."

Bemerke ich, Antons Kopf nickt mir zustimmend zu. Es dauerte etwa 10 Minuten bis sich der Mann von einer Chaiselongue wegdrehte und anfing zu sprechen.

" So die Herrschaften was kann....."

Er bricht mitten im Satz ab und schaut uns an. Erst mustert er mich, dann Alice und zum Schluss Anton. Als er fortfuhr, war der Ton ein ganz anderer.

" Herr Heiler was kann ich für euch tun."

Als Anton antworten will ist Alice schneller.

" Wir brauchen Schuhe für Hagen!"

Sprach sie und zeigte auf mich. Unbeeindruckt schaut er trotzdem nur zu Anton und wartet auf seine Antwort, der aber jetzt auf die Antwort des Sattlers wartet, da Alice ihn ja gefragt hat.

" Habt ihr jetzt Schuhe für mich?"

Kommt jetzt von mir, da ich es ungerecht finde, dass er ihr keine Antwort gibt, war meine Frage daher etwas schroff.

" Was fällt dir ein!!! Ein Diener der mit mir spricht wie die Axt im Wald!"

Alice und Anton holten hörbar Luft. Was ihn wohl auch ein bisschen Irritiert.

" Diener? Du nennst mich einen Diener? Woran bitte machst du fest das ich ein
Diener bin? Und vor allem wie unverschämt bist du bitte? Wir sind zahlende
Kunden, kommen hier an deinen Stand, der stinkt bis zum geht nicht mehr!"

Das sagte ich einfach um zu beleidigen, denn es roch hier eigentlich echt gut nach frischem Leder und setze mit meiner Schimpftirade fort.

" Du hast dich Grade um das Geschäft deines Lebens gebracht und hast keine Ahnung wer hier vor dir steht!"

Verblüfft schauen mich Alle drei an. Ich habe mich so sehr in Rage gebracht das ich wohl furchterregend Aussehe. Ich habe die Fäuste geballt und habe es selber nicht gemerkt. Als Alice ihre Hand auf meine Schulter legt und sagt,

" Eure Hoheit wir gehen besser und suchen uns einen anderen Sattler."

Zieht sie mich aus meiner Rage und ich sehe, dass erkennen der Worte im Gesicht des Sattlers. Sein gequälter Ausdruck, in diesem Moment, als wir seinen Laden verlassen, ist wohl Strafe genug. Die toten Stille die jetzt herrscht ist unbeschreiblich. Alle starren uns an, als wir weiter gehen, geht das Handeln und Treiben weiter. Scheinbar haben die Menschen in der Nähe den Streit mitbekommen, aber nicht was passiert ist und schauen uns deswegen voller Erwartung nach.

" Was ein unverschämter Kerl, kein Wunder das er keine Kunden hat," murmelt Alice.

" Hagen, bitte sag mir, kannst du mir zwei Goldmünzen geben? Ich besorge uns schonmal die Pferde!"

Anton schaut mich direkt an, als er das sagt. Irgendwas an diesem funkeln in den Augen, von ihm, kommt mir merkwürdig vor.

" Klar."

Ich gab ihm die zwei Münzen und er rennt ohne einen Dank los und zwar so schnell das ich nicht mal die Zeit habe, noch einmal nachzudenken, aber scheinbar gehen die Gedanken wie: hoffentlich klaut er nichts oder wie: Ist das nicht Zuviel? Nur mir durch den Kopf. Denn Alice greift meine Hand und raunt,

" Schnell, komm, ich möchte dir was zeigen"

und zieht mich mit ihr mit. Sie zieht mich an der Hand zum Rand des Marktes. Hier standen kleinere Hütten mit einfachen kleinen Werkstätten. Mein Blick fällt direkt auf das Türschild einer kleinen Bäckerei. Ein Mann auf dem aus Holz geschnitztem Bild, schiebt ein Brot in den Ofen oder holt er es raus? Ich will grade Alice fragen, wo wir denn hinwollen, als sie genau vor dem Schaufenster vom Bäcker stehenbleibt.

Die Auslage ist fabelhaft. Kleine Kuchen mit Sahnehaube, frische Brötchen die noch dampfen, ein angeschnittener Laib Brot, Kekse mit bunter Verzierung und noch so einiges was ich nicht erkennen kann. Aber das wichtigste Detail, ist das Gesicht von Alice. Ich vermute einfachmal das sie sich sonst diese Leckereien nicht leisten kann. Ihre Augen strahlen das Schaufenster an. Worauf hin mir keine Wahl bleibt, ich greife in den Geldbeutel und gebe ihr eine Silber Münze. Ihr Gesicht wechselte vom freudig ins Schaufenster blicken, über ungläubig mich anschauen, zu über beide Ohren grinsend. Ein >>Quwieck<< was wohl eine Mischung aus danke und juhu bedeuten kann, kommt aus ihrem Mund, als sie kurz, ansatzweise hüpft und in den Laden spazierte. Ich kann ein Lachen nicht verkneifen und kicherte kurz und blickte mich einfach um. Direkt gegenüber vom Laden ist ein Sattler! Er ist sehr versteckt und Sein Stand dazu auch winzig! Ich frage mich ob ich Alice Bescheid sagen soll. Aber da kommt sie schon mit einer großen Stofftüte aus der Bäckerei, ihr Mund verschmiert mit Puderzucker. Jaja eine gute Tat jeden Tag. Ich deute auf den Sattler obwohl es merkwürdig ist, da sie ja den Mund voll hat und nicht ich. Als ich in den kleinen Zeltladen trete, blickt ein älterer Mann von einem Stuhl auf. Scheinbar stand er kurz vorm Einschlafen und schaut verwundert auf.

" Was? Ein Kunde? Junger Herr schön das ihr hier herein schaut! Was kann ich für eu..... Dich tun?"

Er beendet seinen Satz mit einem Lächeln, was ein paar gelbe Stumpen entblößt, die Mal Zähne waren.

" Ich brauche Schuhe."

" Dann lasst mich Mal sehen!"

Ohne Vorwarnung Pack mich der Mann und setzt mich auf den kleinen Hocker, auf dem er eben selber noch Saß und wie ein 20-Jähriger lässt er sich vor mir zu Boden sinken und fängt an meine Füße zu vermessen. Ab und zu vernimmt man ein "hmpf" oder ein "nein", gelegentlich auch ein   " wusste ich es doch".

Nach 5 Minuten etwa kam dann ein,

" So perfekt! Fertig!"

Überrascht schaute ich runter und sehe zwei Stiefel aus schwarzem Leder. Leicht verwirrt schaue ich ihn an.

" Und mein Junge gefallen sie dir?"

Meine halb freudige erstickte Antwort kommt zwar wie auf Stichwort, aber ohne mir bewusst zu sein, dass ich sie ihm gebe.

" Ja! Sie gefallen mir sehr! Großväterchen."

Merkwürdig ihn als Großvater zu beschreiben, Aber irgendwas passte einfach!

" So Hagen dann kommen wir Mal zum Geschäft!"

Ich erinnere mich nicht daran ihm meinen Namen genannt zu haben und schaute ihn fragend an. Er lächelte wieder und wartete ebenfalls.

" Großvater was wollt ihr denn für die Stiefel."

Ich bewegte meine Füße etwas und merke wie gut sie passen, nämlich absolut perfekt und das in der kurzen Zeit. Er lächelte immer noch und antwortet nicht. Langsam glaube ich schon an einen Schlaganfall. Naja wenn er nicht blinzeln würde. Als ich zu meinem Geldbeutel greife, zucken kurz seine Augen und dann kam auch seine Antwort.

" Nein kein Geld! Du wirst mir irgendwann das Leben retten! Mir einen Gefallen tun und mit mir ein Gespräch führen, worauf du keine Lust hast! Einverstanden?"

" Einverstanden!"

" Guuut, dann geh jetzt!"

Der Aufforderung kam ich zwar verwirrt, aber mit noch einem Dank auf den Lippen nach und stolperte beim Rausgehen in Alice Arme, die sich Grade wohl den letzten Kuchen in den Mund steckte.

" Hagen!" Hustet sie mit vollem Mund hervor.

" Man hast du mich erschreckt!"

" Ich, dich? Der alte Mann hat mich erschreckt! Er hat in Sekunden diese
Stiefel mir an die Füße geschneidert."

Alice schaut sie direkt an, und fängt an sie zu Mustern, schaut unter die Sohle und strich hier und da Mal übers Leder, was gleich eine Spur an Tortenguss und Puderzucker hinterließ. Es ärgerte mich etwas, die neuen Schuhe waren schon verklebt. Plötzlich reißt Alice die Augen erschrocken auf.

" Was haben sie gekostet?"

Worauf hin ich ihr jetzt Rede und Antwort stand was passiert war, was er wollte und und und. Während ich ihr das alles aufzähle, bleibt sie absolut gelassen und ruhig, aber auch sehr nachdenklich.

" Wir müssen das mit Anton besprechen, denn du hast ein Problem!"

Wir warten jetzt schon seit knapp einer Stunde, bis mir auffällt das wir gar keinen Treffpunkt ausgemacht haben und das rege treiben um uns rum, lässt mich kaum nachdenken.

" Alice? Sag Mal wo treffen wir denn Anton?"

" Das ist eine gute Frage! Eigentlich sollte er uns hier längst gefunden haben. Aber wenn ich mir das Treiben hier so anschaue, wundert es mich nicht, wenn er uns nicht gefunden hat."

" Hey dann lass uns ihn doch suchen."

Diesmal war ich derjenige, der sie an der Hand hinter mir Herzog. Ich hatte nämlich eine Idee, wo wird man wohl Pferde kaufen? Genau! Im Stall und den habe ich schließlich schon von oben gesehen. Kichernd läuft Alice neben mir her. Wir müssen aussehen wir ein Pärchen. Wir laufen genau auf die Stallungen zu. Der typische Stallgeruch, war klar zu deuten. Und dann Tauchen sie auch schon vor uns auf und davor steht Anton! Er steht vor einem dicken Mann mit Schürze und streitet mit ihm aufs gradewohl hinaus. Aus unserem leichten Trab sind wir jetzt ins langsame drauf-zugehen gewechselt und bekommen auch langsam das Thema des Streits mit.

"......Dann soll er selber kommen und meine Pferde kaufen."

" Aber wenn ich doch sage! Das der Fürst 3 Pferde kaufen will! Ich habe ja auch Sein Geld! Ich merke schon, dass es Anton schwer fällt ihm von der Wahrheit zu überzeugen. Ich stelle mich direkt daneben und Frage wo das Problem liegt.

" Das Problem? Das kann ich dir sagen! Dieser Möchtegern hier, möchte meine 3 besten

Pferde kaufen für einen angeblichen Fürsten!"

" Aha und dem angeblichen Fürsten würdest du die Pferde verkaufen, wenn er jetzt vor dir steht und dir 3 Silberstücke bieten würde?"

" Wenn die Hoheit, hier auftaucht schenke ich ihm sie sogar! Aber Betrüger bekommen nicht Mal einen Esel von mir."

Na das ist doch ein Wort! Anton fängt genau wie Alice an zu grinsen und ich wusste sie haben meinen Gedankengang begriffen. Ich greife in meine Tasche und schaue mir die kurz die Schriftrollen an. Direkt die erste, ist die richtige.
Ich halte sie dem Kerl vor die Nase der gleich grau anläuft und mich anschaut.

" Ihr seid Hagen?"

" Fürst Hagen!"

Kommt gleich von Anton als Bestätigung. Was den Mann direkt nochmal schlucken lässt. Ich fange an zu grinsen und sage sofort:

" Danke für euer großzügiges Geschenk."

Und drücke ihm eine Silbermünze in die Hand.

" Ich denke ihr seid ein Ehrenmann und die drei geschenkten besten Pferde waren keine Lüge für die ich euch zur Rechenschaft ziehen muss."

Kaum ausgesprochen frage ich mich ob ich sowas überhaupt darf. Aber sein schockiertes Gesicht zeigt das ich ihm die Wahrheit gesagt habe. Verärgert beißt er die Zähne zusammen. Was mir zeigt ich habe gewonnen auch Antons und Alice zufriedener Blick lässt erahnen das ich im vollen Umfang gewonnen habe. Ich weise Anton kurz an, die drei besten Pferde zu holen, während ich die Schriftrolle wieder in meiner Tasche verstaue.

Verärgert aber ohne ein weiteres Wort schaut er zu, wie 2 schwarze Hengste und eine

Haflingerstute fast für umsonst den Besitzer wechseln. Was aber auch für etwas Aufsehen sorgt. Wir trennten uns aber vorher um Vorräte zu besorgen. Eigentlich besorgen die zwei die Vorräte und ich soll mich um ein passenderes Outfit kümmern. Jeder von uns führt eines der Pferde. Ein schwarzer Hengst bleibt am Strick bei mir, er heißt Atlas. Anton nimmt die Stute sie heißt Romy und der andere Hengst den Alice nimmt hört auf Schwarz wie die Farbe. Ich führe mein Pferd jetzt über den Markt und schaue mich um. Ein Schneider erweckt meine Aufmerksamkeit. Ich kaufe dort ein Lederwams und lasse das fürstliche Wappen auf die Brust sticken. Und nehme noch zwei Taschen mit die ich am Sattel befestige. Als ich das hämmern von Eisen auf Eisen höre, weiß ich das ich mich auf den Schmied zubewege. Das hämmern wird immer lauter und ein Gesang, einer dunklen Stimme mischt sich dazu. Ein Lied über Stahl, der tausend Jahre lang von einem Schmied geschlagen wird. Wie in einen Bann gezogen, steuere ich auf ihn zu. Der singende Schmied hämmert an einem Schild. Das fröhliche Lied endet mit einem lauten Schlag und dem lachen des Schmieds. Ebenso wurde ich in dem Moment aus dem Bann gerissen und fing an zu applaudieren. Lachend blickte er auf.

" Ich war in meinem letzten Leben Opernsänger! So mansche Gewohnheiten verliert man eben nie."

Ich überlegte kurz, ich war früher ein einfacher Mitarbeiter der Stadtwerke. Man würde sagen Stromverkäufer und jetzt Fürst! Man man man was für eine
Beförderung. Mein Blick schweift über Seine Waren und ein kurzes Schwert mit einem Blauen griff erweckt meine Aufmerksamkeit. Es steckte, in einem kleinem Fass und schien irgendwie wie für mich gemacht. Ich wollte immer schon ein Schwert haben. In nehme vorsichtig raus und fahre mit dem Zeigefinger über das glattgeschmiedete Metall. Über dem Erl

auf dem Heft des Schwertes ist ein blauer Stein eingearbeitet. Sein Gewicht wundert mich, es ist zwar ausbalanciert, aber es wiegt trotzdem mehr als ich es erwartet habe. " Ein schönes Stück was? Schwingt es mein Herr! Wenn es Singt ist es perfekt!" Ich hatte gar nicht mitbekommen, dass ich beobachtet wurde. Aber ich folgte der Empfehlung von Schmied und schwenkte es hin und her, ließ es vorschnellen und schwang es in einer Achterbewegung vor mir her. Ich finde es liegt sehr gut in der Hand und scheinbar findet das auch der Schmied.

" Es liegt dir! Für 3 Silbermünzen ist es deines und nach etwas Training, wirst du es schon meistern!"

Und Mal wieder bin ich mit einem Problem konfrontiert. Ist das viel oder wenig, aber ich Versuche einfach mein Glück.

" Ich habe da ehr an eine Silbermünze gedacht."

Am Gesicht des Schmiedes sehe ich das es wohl ein Volltreffer war. Ich streckte ihm meine Hand hin. Seine Reaktion zeigt das ich wohl richtig liege.

" Ihr seid ein Halunke mein Freund. Aber drei Silbermünzen sind ein guter Preis! Aber weil ihr es seid, zwei Silberstücke!"

Um ihm ein gutes Gefühl zugeben halte ich ihm die zwei Silbermünzen hin. Der mich darauf hin anstrahlt und mich bittet zu warten. Er kommt mit einer schwarzen Scheide wieder. Die er mir gleich an meinem Gürtel befestigt.

" Hab danke mein Junger Freund, wenn ich euch Mal helfen kann ruft mich
Eduard den singenden Meisterschmied!"

Kaum gesagt verabschieden wir uns schon von einander und ich gehe weiter über den Markt. Hier und da, kaufe ich noch etwas Käse, eine paar Äpfel und ein Laib Brot. Etwas weiter hinten noch eine Decke, ein paar Feuersteine und eine kleine handliche Axt, die ich gut in die Taschen verstaue die an Atlas befestigt sind und führe ihm Richtung Tor. Wie spät mag es wohl sein? An einer Sonnenuhr auf dem Weg sehe ich das wir gerade Mittag durchhaben. Wir waren den halben Tag unterwegs obwohl ich schwören könnte, dass wir bereits späten Abend haben müssten. Am Tor stehen bereits Alice und Anton

die auch Taschen an ihren Pferden befestigt
haben und scheinen zu warten.

KAPITEL 5 -AUFBRUCH-

Hinter dem Tor ist das weite Tal zu sehen mit seinem Wald zu unserer rechten. Ein tiefer Atemzug und die ganze Welt scheinen wie erneuert. Die Luft ist so sauber, der Geruch von Blumen und dem modrigen Boden, der Klang der Bienen und Vögel, ist einfach überwältigend.

" Es ist einfach überwältigend."

Sage ich während ich Atlas besteige. Wie viele Jahre ist es schon her, dass ich den Geruch von Land und Wald gerochen habe. Kein Lärm der Autos und kein Abgasgeruch.

" Als ich vor vielen Jahren das erste und letzte Mal die Burg verlassen habe, ging es mir auch so. Ich habe vor meinem Übergang, Berlin nicht verlassen und das erste Mal das zu sehen ist, wie soll ich sagen, majestätisch."

" Anton, du sagtest du hast vor vielen Jahren, das letzte Mal die Burg verlassen, aber wie kann das sein? Du bist doch etwa in meinem Alter etwa 30 Jahre alt oder täusche ich mich etwa?"

" Ja Hagen, da täuschst du dich wirklich! Ich lebe hier seit 131 Jahren und Alice etwa 120 Jahre. Aber man vergisst die Zeit hier sehr schnell. Sie vergeht langsamer als in unserem Leben."

Okey das ist jetzt ein Schock. 131 Jahre wow, ob ich auch so alt werde?

" Leute, was muss ich noch wissen? Was für gefahren gibt es hier? Wo liegt Idra? Und was ......" " Mach mal langsam kleiner!"

Werde ich plötzlich von Alice unterbrochen. "

Alice im Gegensatz zu uns, ist er noch ein Kind,"

lacht Anton los.

" Stimmt wohl irgendwie, aber ich fange mal an deine Fragen zu beantworten! So..... Ganz im Osten sind die schwarzen Lande, du wirst ja bemerkt haben, dass wir hier alle hergekommen sind, weil wir uns auf irgendeiner Art und Weise das Leben genommen haben. Im schwarzen Lande leben.... Naja wir wissen es selber nicht! Aber jeder der dort hinging kam nie zurück. Es gab vor ein paar Jahren, ein paar kleine Schlachten. Unser Feind damals war, naja sie waren entstellt, man konnte nicht Mal feststellen ob es Menschen waren."

Sie macht eine kurze Pause. Woraufhin Anton das Wort ergriff.

" Ab und an trauen sie sich bis an die Grenzen und auch weiter in unser Land hinein. Wir werden versuchen uns auf der Straße zu halten, um ihnen nicht zu nah zu kommen."

Dann gibt es eben auch Wölfe, Keiler, Schlangen und viele andere Biester!
Manche von ihnen kennt man nur aus Geschichten! Es ist eben nicht mehr die Erde. Ach ja Wegelagerer und ganz in den Bergen Westen soll es einen Nekromanten geben! Aber auf unserer Reisestrecke kommen wir ihm nicht ansatzweise nah. Also der Weg ist wohl ziemlich sicher!" Der letzte Satz von Anton trieft nur so vor Ironie, und all das lässt mich dezent schlucken, dabei hat die Reise grade erst begonnen.

..." Damit komme ich direkt zur nächsten Frage! Idra liegt ein ganzes Stück im Norden.

Ich kann dir aber auch nicht mehr sagen, denn ich war noch nie da."

" Ich auch nicht!"

Kommt gleich von Alice hinterher. Meine beiden Begleiter merken daraufhin schnell, dass diese Informationen etwas schnell und heftig waren und ich etwas wortkarg neben ihnen her trabe. Wir sind noch nicht weit gekommen, als ein abgebranntes Bauernhaus in unser Sichtfeld kommt. Anton stoppt uns etwa hundert Meter davor.

" Ich habe am Markt erfahren, dass hier auf diesem Hof ein Bauer mit seiner Frau wohnen soll. Laut der Händlerin waren sie vor zwei Tagen noch in der Burg und haben ihre Waren dort verkauft und jetzt sieht man hier nur das schwellende Holz."

Wie in Trance springe ich vom Pferd ab und drücke Anton die Zügel in die Hand, was mir Alice sofort Gleich tut. Meine Hand wandert an mein Schwert und Alice zieht ihren Bogen und spannt einen Pfeil ein.

" Ihr wisst doch gar nicht was hier geschehen ist!"

Trotz der warnenden Worte marschieren wir langsam auf den kleinen Hof zu und ich ziehe vorsorglich das Schwert. Schritt für Schritt gehen wir weiter. Der Geruch von verbrannten Holzbrettern und etwas Süßlichen steigt uns in die Nase und ich befürchte, dass wir gleich schreckliches sehen werden. Langsam und leise schleichen wir uns weiter an. Die toten Stille die jetzt hier herrscht ist richtig greifbar. Als ich einen kleinen Busch Zehnmeter vor dem Hof erreiche, legt Alice eine Hand auf meine Schulter und ich zucke zusammen. Ihre Angst ist so spürbar wie meine, doch umkehren ohne zu wissen was passiert ist, ist keine Option. Mein Blick liegt auf einem kleinen Doppeltor, was wohl in den Innenhof führt. Einer der beiden Türen liegt zersplittert auf dem Boden und die andere hängt nur noch in einer Angel. Alice deutet an das sie um das Gebäude herumgeht, und sie mir den Innenhof frei lässt. Ich lausche kurz in die Szenerie hinein, aber bis auf ein gelegentliches knirschen von Holz und das herabfallen kleinerer Steinchen ist absolut Stille. Na gut Hagen du schaffst das! Ich wage mich aus der Deckung und husche schnell an das Doppeltorloch heran, um einen Blick hinein zu werfen. Ich erkenne ein Loch wo früher Mal eine Hauswand gewesen sein musste, ein paar zerbrochene Maschinen wie ein Pflug und einen zertrümmerten Ochsenkarren. In der Mitte vom Hof steht die hässlichste Statur der Welt! Eine Art Oger wie Shrek, vollständig aus grauem Stein, aber mit Tierfell um die Hüfte. In der Hand hat er eine Holzkeule, die er mit dem Kopf auf dem Boden gestellt hat. Der Bildhauer hat wirklich einen makabren Geschmack. Da keine Feinde zuerkennen oder zu hören sind, betrete ich den Hof und lasse das Schwert aber in der Hand. Als ich an der Statur vorbei gehe blicke ich sie an, während ich an ihr vorbei gehe. So langsam lässt sich auch erkennen was hinter dem Loch ist. Eine kleine Küche auf die ich jetzt stetig zugehe. Die Kochstelle ist von den Trümmern zerstört wurden und die Kohleglut liegt verteilt auf dem Boden unter einem kleinen Tisch hockt kauernd eine Frau in gehobeneren alter, naja abschätzen wie alt hier jemand wirklich ist kann man wohl nicht. Was mich jetzt aber Irritiert sie deutet stumm mit dem Finger hinter mich. Ohne mich umzublicken antworte ich aber.

" Da ist niemand mehr! Sie können ruhig rauskommen!"

Diese Worte bereue ich sofort, als mich die Keule des Ogers mit voller Wucht in die Seite trifft. Der Schlag drückte mir alle Luft aus den Lungen und ich lernte das mein Körper härter ist als eine Holztür. Keuchend liege ich auf dem Boden direkt neben dem Gebüsch von dem ich eben noch in den Hof geschaut habe. Was ein Schlag! Der Geschmack von Blut und Galle vermischt sich in meinem Mund und lässt mich würgen. Das Biest im Innenhof brüllte los, ob vor Zorn oder als Kampf Geschrei, konnte ich nicht ausmachen. Immer noch benommen stemme ich mich wieder auf meine Beine und merke, dass Anton zu mir geeilt ist, um mir aufzuhelfen.

" Alles Okey bei dir?"

" Ja geht schon! Aber hat sich jemand das Kennzeichen von dem Lastwagen gemerkt?"

Diesen Satz wollte ich immer schonmal sagen. Ich schüttle die Benommenheit von mir und wische mir das Blut von den Lippen. Alice ist noch beim Hof und scheinbar kämpft sie gegen das Monster! Ich hebe mein Schwert auf und eile wieder in Richtung des Hofs. Noch immer halb betäubt, schaue ich an den Rahmen der jetzt torlosen Tür in den Hof. Irgendwie hat Alice es auf das halb zerstörte Dach geschafft und schießt einen Pfeil nach dem anderen auf das Vieh, dass wiederum Steine oder ehr Brocken in Richtung Alice wirft. Da beide so zielsicher waren wie eine Kartoffel, bleibt mir nichts anderes über, als wieder hinein zu Rennen um zu helfen. Da der Oger jetzt mit dem Rücken zu mir steht ist es genau meine Chance! Ich hebe das Schwert hoch über meinen Kopf und Stürme auf das Biest zu. Ich lasse mein Schwert hinab sausen und stoße es tief in seine Ferse. Der nächste Fehler in meinem Gedankengang war, dass ich nicht nachgedacht habe. Er stolpert nämlich jetzt nach hinten und verpasst mir einen Tritt, der mich wie der Schlag, erneut aus dem Hof katapultierte. Nur dieses Mal lande ich weich und bringe einen Anton zum Luftschnappen, der mich ungewollt auffängt. Nach ein paar Worten der Entschuldigung renne ich wieder auf den Oger zu. Der wie erstarrt vor mir steht. Es war kaum zu erkennen doch einer der Pfeile von Alice hat sein Ziel getroffen und steckte tief im Auge des Monsters. Doch irgendwas ist nun anders. Ich nehme mein

Schwert und klopfe auf seine Haut, was meinen Verdacht bestätigt er ist versteinert.

" Sie werden zu Stein, wenn sie sterben!"

Ruft Alice, als sie mit einem gekonnten Satz vom Dach sprang. Auch Anton hat den Hof jetzt betreten, und schaut voller Respekt auf den getöteten Oger.

" Ihr könnt rauskommen er ist tot!"

Rief ich, als ich merkte das die Familie noch nicht hier war. Langsam und voller Furcht, kommt die Frau aus der zerstörten Küche.

" Wo ist ihr Mann?"

Kommt von Anton,

" Er ist doch nicht etwa tot?"

" Nein er rannte los, um Hilfe zu holen, aber er ist schon eine ganze Weile weg.
Er muss aber schon lange an der Mühle angekommen sein! Ich mache mir große Sorgen er ist ja auch nicht mehr der Jüngste."

" Ich habe eine Idee! Wir werden hierbleiben und beim Aufbau helfen, wenn wir dürfen."

Antons Blick wandert hoch zum Himmel. Die Sonne neigt sich schon dem Untergang entgegen. Eine Rast wird uns bestimmt gut tun.

" Hilfe kann ich gut gebrauchen, aber bis auf einen Schlafplatz für die Nacht, kann ich euch nichts anbieten. Dabei habt ihr schon so viel gemacht."

" Abgemacht! Wir bleiben hier und helfen und die Scheune wird als Schlafplatz reichen." Das Aufräumen vom Schutt geht schneller voran als ich es für möglich gehalten habe. Aber bei jeder Bewegung schmerzt mein Rücken mehr und mehr. So einfach habe ich den Schlag dann doch nicht weggesteckt, ob wohl es ein Wunder ist, dass ich keine Brüche davongetragen habe. Anton und Mareike kümmern sich um das Loch in der Küchenwand. Nach und nach haben wir einiges von ihr erfahren. Sie heißt Mareike und sie lebt schon seit 80 Jahren hier auf dem Hof. Durch den Angriff wurden alle ihre Tiere verjagt oder getötet. Der Hühnerstall der jetzt so flach ist wie eine Münze, war das erste was wir aus dem Hof getragen haben. Der oberste Stock des Hauses, ist komplett ausgebrannt, auch wenn das Feuer nicht alles zerstören konnte. Bis jetzt ist ihr Mann noch nicht zurückgekehrt. Die arme was muss sie sich für Sorgen machen, auch wenn sie sich nichts anmerken lässt. Es dauert nicht lange bis uns Anton und Mareike ins Haus rufen. Wir sehen aus, wie nach einem ausgedehnten Schlammbad. Kaum im Haus umspielt uns der Geruch vom Essen. Essen.... Wann habe ich das letzte Mal was gegessen? Das muss kurz nach meiner Ankunft gewesen sein.

" So ihr zwei! Geht hinten durch die Küche, das Wasser im Bottich ist noch Heiß und ihr seid dreckig wie die Schweine!"

Anton der mit sauberen, nassen Haaren vor uns steht, wirkt definitiv Adliger als ich. Kurz darauf betreten Alice und ich den kleinen Waschraum. Ich bin irritiert, da in dem kleinen mit Kerzen erleuchtetem Raum nur ein Bottich steht. Noch bevor ich was einwenden kann, zieht sich Alice auch schon aus. Oh mein Gott, ich merke gleich wie mir das Blut in den Kopf schießt. Alice dreht sich langsam zu mir um und an ihrem Blick merk ich schnell, dass ich wohl mehr als nur errötet bin. Sie fängt an zu kichern, als sie langsam ins dämpfende Wasser steigt. Meine Augen hängen an ihren Brüsten und betrachten ihren makellosen Körper, woraufhin anfängt sich was in meiner Hose zu regen! Das Wasser plätscherte leise im Bottich, als sie sich hineingleiten lässt.

" Na wo bleibst du? Hast du noch nie eine nackte Frau gesehen?"

Kicherte sie mir zu, worauf hin ich ein

" doch, schon"

erwiderte. Ich ziehe langsam mein Oberteil aus und drehte mich dabei mit dem Rücken zu ihr. Worauf hin ich von ihr ein Pfeifen vernehme. Langsam lasse ich meine Hose zu Boden sinken und höre es wieder plätschern. Meine Erektion wird immer härter, als ich an ihre Brüste denken muss. Ich lege meine Hände vor mein Gemächt und will mich langsam zu ihr umdrehen, als ich ihre Finger schon an meinem Rücken spüre. Ihr Finger fahren vom Schulterblatt über meine Seite Richtung Hintern. Meine Erregung steigert sich dadurch noch viel mehr und ich muss nach Luftschnappen.

" Tut das nicht weh?"

Fragt sie, und ich frage mich, warum soll das weh tun und was? Ihre Finger auf meiner Haut? Meine Erektion?

" Nein warum auch das fühlt sich schön an!"

Erwidere ich und merke wie sie mit ihren Fingern kurz innehält.

" Steig schnell in die Wanne."

Ihrer Aufforderung kam ich auch direkt nach und drehte mich, mit ihr den Rücken zugewandt, in Richtung Bottich und stieg hinein. Das Wasser war herrlich warm und schloss meine Augen um es zu genießen. Alice Brüste gehen mir einfach nicht mehr aus dem Kopf, was meinem Ständer keinen Gefallen tut. Im Kopf, stelle ich mir vor, wie ich sie berühre, zart mit den Zähnen an ihnen Nippeln knabbere und sie mit den Fingern umspiele. Das knarren der Tür reißt mich aus meinem Tagtraum, ohne nochmal rüber zuschauen stehe ich auf und stehe nun in voller Pracht vor Anton, der jetzt wiederum anfängt mich mit schelmischem grinsen zu betrachten.

" Hallo! Was haben wir denn da!"

Langsam kommt er auf mich zu und betrachtet erst meinen ausgefahrenen Schwanz und schaute dann an mir empor. Mir blieben jetzt alle Worte im Hals stecken.

" Ja ich erkenne deine Probleme! Das erste sieht übel aus und deine ganze Seite ist auch noch blau!"

Er lachte los, obwohl sein Blick immer noch auf meinem Gemächt liegt. Da die Erregung langsam nachlässt, begreife ich erst die Worte und schaue an meine Flanke.

" Autsch! Das nennst du blau? Dass ist ja schon bald lila! Was kann man daran ändern?"

" Man kann es heilen! Entweder du kennst einen Heilmagier oder du wartest einfach ab!"

" Woher soll ich bitte einen Magier nehmen und gibt es Magier wirklich?"

Bevor er antwortet macht er zwei Schritte auf mich zu und legt auf die verletzte Seite eine Hand.

" Erste Antwort ist einer steht vor dir! Der Grade deine Wunde geheilt hat und zweitens zieh dir was an du glaubst doch nicht echt an ein Märchenwesen wie Magier oder?"

Ziemlich verwirrt schaue ich ihn an und dann an meine Seite. Der blaue fleck ist unverändert da. Worauf hin ich begriffen habe das er einen

Witz gemacht hat. " Anton wir haben vor ein paar Stunden mit einem Oger gekämpft! Da werde ich doch wohl auch an Magier glauben können? da kann es ja doch auch solche Wesen gibt!" Hinter der Tür beginnen Alice und Mareike zu lachen. " Und belauscht werden wir hier wohl auch." Woraufhin Anton und ich mit lachen.

" Mach dich fertig, zieh dir deine Sachen an und komme essen. Die Flecken gehen schon wieder weg, Schmerzen hast du ja wohl nicht, wenn du sie erst jetzt bemerkt hast."

Wenig später saßen wir alle zusammen, aßen und verabschiedeten uns dann auch gleich ins Bett. Mehr oder weniger, da Anton es sich auf dem Küchenboden bequem gemacht hat und Alice und meine Wenigkeit uns im Stall auf das Heu legten. Die Arbeit heute hat uns alle mitgenommen, was uns alle sehr schnell in tiefen Schlaf fallen lässt. Ich stehe auf einer Wiese mitten auf einer Wald Lichtung. Neben mir steht der Alte Sattler, der mir die Schuhe gemacht hat.

" Fürst Hagen, also! Schön dich wieder zusehen! Weißt du mein Freund, ich habe dir meinen Namen verraten! Die Menschen hier nennen mich

Josef, aber ich weiß, du nennst mich lieber Sattler. Was genauso einfach nur Worte sind. Ich merke du hast Fragen, aber es ist noch nicht an der Zeit sie mir zu stellen! Aber nun dann, wir werden uns bald wiedersehen! Jetzt solltet ihr aber aufwachen sonst verpasst ihr noch euer Frühstück!"

Ich wache auf und blicke mich um. Immer noch liege ich in der Scheune, Alice liegt mit ihrem Kopf auf meiner Brust und sabbert. Ich blicke auf sie und Streife mir einen Halm Stroh aus den Haaren. Der Anblick der Sabbernden Alice bringt mich fast zum Lachen. Ich streiche ihr sanft durch ihr Haar um sie zu wecken, was auch gelingt. Verschlafen blickt sie auf, und murmelt.

" Guten Morgen Hagen....."

Langsam rafft sie sich auf und ein Sabber Faden spannt sich von ihrem Mund, zu meinem Bauch. Als sie es bemerkt, fange ich an zu lachen!

" Ja, ja, ich weiß! Alice das kleine Lama."

Durch diesen Satz feuert mein Lachen noch mehr an, was wiederrum Alice dazu verleitet mit zu lachen. Plötzlich klopft es an der Tür. Anton öffnet sie mit den Worten:

71

" Habt ihr keinen Hunger? Wenn ihr euch nicht beeilt ist das Essen weg. Also los ihr zwei

Hühner und klopft euch Mal ab ihr seid ja ganz voll Stroh!"

Wenig später sitzen wir auch schon mit Mareike und Anton zusammen am Tisch. Das

Frühstück, wenn man es so nennen kann, besteht aus einem trocknen Brot und Trockenfleisch, aus unseren Vorräten. Unsere Gespräche drehen sich um den Vortag und hauptsächlich um den Verbleib von Mareikes Ehemann. Als das Monster angriff, war er sofort losgeeilt um Hilfe zu holen. Irgendwas ist ihm definitiv zugestoßen, doch wäre die Suche nach ihm für uns ein Umweg von etwa einen halben Tag.

" Dennoch sollten wir es versuchen. Hagen du würdest nach uns suchen, wenn wir auseinandergerissen werden und es liegt ja auch fast auf dem Weg!"

Alice eine bitte abzuschlagen kommt nicht infrage, schließlich habe ich sie ja auch mit auf diese Tour geschleppt.

" Na gut Alice! Wenn Anton einverstanden ist spricht nichts dagegen."

Anton fängt an zu Husten, als ich ihm die Last der Entscheidung auferlege. Auch wenn seine Antwort dadurch feststeht, liegt es an ihm und sein Blick sagte auch sofort, na gut was soll's.

" Ihr werdet eh nicht aufgeben bis ich Ja sage! Also wann brechen wir auf?"

" Sobald du die Pferde gesattelt hast!"

Erwiderte ich spöttisch lachend und schlage ihn dabei auf die Schulter. Das Herzhafte lachen von uns allen wirkt erleichternd und auch gleichzeitig beruhigend.

" Habt ihr eigentlich eine Karte von hier?"

Mein Gedanke, dass ich keine Ahnung habe wo wir eigentlich sind kommt mir in den Sinn und auch Alice schaut jetzt Anton an der genau verdutzt dreinblickt.

" Wir Hätten eine einpacken sollen! "
 Kommt nun von Anton. Kinder, Kinder ihr seid mir ja eine Truppe! Wo wollt ihr denn überhaupt hin?

Also wenn ihr dem Weg hier an unseren Feldern vorbeilauft, kommt ihr an einen Bach. Wenn ihr dem Bach folgt, kommt ihr direkt zu zur Mühle, dort wollte mein Mann Hilfe holen. Bis dort sind es aber ein paar Stunden mit dem Pferd."

Der letzte Satz von Mareike ist voller Wehmut und man merkt, dass sie ihn sehr vermisst. Während Mareike und Anton sich noch unterhalten, fangen Alice und ich an die Pferde fertig zu beladen. Hoffentlich bekommen wir an der Mühle eine Karte oder wenigstens den Weg, zur nächsten Stadt genannt wo wir eine erwerben können. Wir sind grade fertig, als Anton, Mareike nochmal umarmt und sie uns mit viel Glück auf unsere Reise entlässt. Langsam reiten wir winkend vom Hof, mit einem neuen Ziel, Die Mühle!

KAPITEL 6 -DIE MÜHLE-

Als die Bäuerin den Weg zur Mühle beschrieben hat, hätte sie uns ruhig warnen können das >> der Weg << nur aus Felsen und Schlaglöchern besteht. Wir müssen neben unseren Pferden laufen und sie führen und kommen daher kaum voran. Jetzt ein Regenschauer wäre toll, denke ich und schaue in den Himmel, aber die einzige Wolke, die über den himmelzieht, Schaft es nicht mal ein bisschen Schatten zu spenden und ganz ohne Karte ist der Weg gefühlt endlos. Alice erzählt uns kleine Geschichten über das Land und die Leute.

" ..... Und so bekam der Bauer zu seinem Namen."

Die Geschichte, die sie erzählt hat, ging um Bruno den Tomatenbauern.

" wollt ihr die Geschichten hören über die schwarzen Landen?"

Gespannt spitze ich die Ohren als sie anfängt, ohne unsere Antwort abzuwarten.

" Es heißt jeder Mensch bekommt seine eigene Hölle aber es sollte ehr heißen jede Gruppe bekommt sein eigenes Leben nach dem Tode. So wie wir hier leben, leben die Menschen die einen anderen Menschen getötet haben in den Schwarzen Landen. Es gab viele Versuche mit ihnen in Kontakt zu treten, aber wer die Grenze übertreten hat kam nie zurück. Andersrum ist es ähnlich ihre Truppen überschreiten immer wieder die Grenzen und töten bald wahllos. Viele Höfe und Wachtürme entlang der Grenze werden immer wieder zerstört und neu aufgebaut. Monster wie der Troll Kommen von dort, was die Angst vor überfällen immer mehr erhöht."

Bei den Gedanken an dieses Vieh, muss ich mir gleich an die Seite fassen, die wohl noch eine ganze Zeit lang blau sein wird.

" Schlimmer sind jedoch die Wesen, die man die Geschöpfe der Nacht nennt. Einige sagen es seien Kobolde, andere wiederrum sagen es seien kleine Menschen, aber wer eine Begegnung mit ihren Horden überlebt hat, war immer schwer verletzt. Dann gibt es noch die Schwarzen! Es sind Ritter in matt schwarzen Rüstungen. Nicht Mal Pfeile durchdringt sie aber wenn sie angreifen wird bald das halbe Heer mobilisiert. Von manschen Wachtürmen aus kann man eine große Stadt erkennen. Aber auch nicht so genau, dass man etwas mehr über sie sagen könnte. Man sagt auch das der Nekromant, aus den Bergen von da stammt! Übrigens Anton da fällt mir was ein! Hagen hat ein Problem, ich glaube der Schuhmacher auf dem Dorfplatz, war der Nekromant!"

Sofort bei dieser Aussage bleibt Anton abrupt stehen und dreht sich zu Alice um. Seinem Gesichtsausdruck zufolge steht er kurz vor der Explosion.

" Zwei Fragen bevor ich explodiere! Erstens wie kommst du zu der Vermutung? Und zweitens warum habt ihr der Stattwache nicht Bescheid gegeben, wenn der gefährlichste Mann der aus ganz Walhalla in unserer schönen Stadt Rath rumspaziert? Weißt du was Alice auf die zweite Frage möchte ich keine Antwort, aber wie zum Teufel kommst du darauf das er es nach Rath auf den Markt geschafft hat?"

Alice die nun ganz kleinlaut wird und mich flehend anschaut, weiß ganz genau was ihr jetzt blüht.

" Wenn ich mich einmischen darf Anton! Ein alter Mann der Schuhe anfertigte, wurde von mir angesprochen ich habe mir bei ihm diese Schuhe machen lassen. Er wollte keine Bezahlung, nur das Verspreche, das ich ihm: einmal das Leben retten werde! Mich einmal mit ihm unterhalte und Ihm einmal einen Gefallen tun werde."

" Ist das alles?" Fragt mich Anton nun in einem verwirrten Ton.

" Ja, ich gab ihn mein Wort und danach war ich auch schon aus seinem Laden raus."

Anton runzelt nur die Stirn und ohne ein weiteres Wort führt er sein Pferd weiter.

Nach dem Gespräch reden wir erstmal kein Wort mehr. Immer wieder wirft mir Alice mir einen Traurigen und endschuldigenden Blick zu. Sie konnte ja schlecht dies verschweigen. Anton muss ja auch wissen was passiert ist, aber es lässt ihn grübeln. Der Weg wird aber von Schritt zu Schritt leichter zu gehen, die Steine und Felsen, weichen Wiesen, sowie kleinere Wälder und nach kurzer Zeit können wir auch endlich wieder auf den Pferden aufsitzen. Dennoch scheint der Weg sich endlos fortzusetzen, vor allem da jetzt keiner mehr ein Wort sagt. Die Landschaft zieht so an uns vorbei und ich bewundere die Wiesen und Wälder. Ab und an lassen sich ein Reh oder ein Fuchs blicken. Der Geruch war atemberaubend, diese frische und der leichte Wind, einfach nur schön. Umso weiter wir kommen, um so sommerlicher wird es. Nach etwa einer weiteren Stunde, sehen wir vor uns einen kleinen Bachlauf der ausgetrocknet vor uns liegt. Er ist noch nicht lange ohne Wasser, denn am Boden, zwischen kleineren moosbedeckten Felsen, ist noch eine kleine Schlammschicht zu sehen. Da es Anton und Alice nicht komisch vorkommt, scheint es wohl normal zu sein und ich mache mir nicht weiter Gedanken da drüber und reite weiter hinter ihnen her.

" Alice sag Mal hast du schonmal mitbekommen das hier Bäche oder Flüsse austrocknen?"

Die Frage von Anton lässt mich dann aber doch aufhorchen.

79

" Nein Anton, ich frage mich selber ob es normal ist, dass, das Wasser irgendwie verschwunden ist. Aber vielleicht haben die Bauern den Bach umgeleitet um die Felder zu wässern."

Anton scheint diese Antwort zu reichen. Aber nach allem was ich gehört habe, mache ich mir trotzdem etwas sorgen was auf uns wartet. Wir folgen weiter dem Bachlauf und in der Ferne lässt ich ein Haus erblicken. Scheinbar ist es die Mühle. Sie scheint riesig zu sein.

Man sieht ein riesiges Gebäude ob wohl es wenn ich die Entfernung schätze noch etwa 5 Kilometer entfernt sein muss. Die Antwort von Alice wird aber hinfällig, da wir jetzt den gesamten leeren Bachlauf einsehen können und nirgendwo ein Damm oder ähnliches zusehen ist. Dass scheint jetzt auch Anton und Alice aufzufallen die ihre Pferde nun aus dem Schritt zu einem leichten, zügigen Trab antreiben. Ich stehe ihnen da in nichts nach und Reihe mich neben ihnen ein. Das Gefühl, dass auch hier etwas nicht stimmt ist all gegenwärtig. Aus dem Trab wird langsam ein Galopp und wir reiten auf die Mühle nun zielstrebig und angespannt zu. Als wir an kommen ist kein Mensch zu sehen. Eines der drei großen Mühlräder liegt zertrümmert im

Bachlauf und leitet das Wasser ungewollt auf ein leicht abschüssiges Feld, das bereits zu einem See geworden ist. Aller Anschein haben wir hier die nächste Katastrophe vor uns liegen. Was mich an dieser Szenerie wundert ist, dass sonst keine Zerstörung vorliegt. Kein Loch in der massiv wirkenden Backsteinwand, kein Feuer und kein Rauch der seinen Weg durch das Strohdach sucht, aber auch keine Menschenseele die sich um das Mühlrad oder um das Feld schert. Wir steigen sofort ab und Alice schaut sich das zerstörte Mühlrad an. Anton nimmt sich erstmal die Zeit und bindet die Pferde an einen Zaunpfahl an und kommt zu mir herüber.

" Hagen schaust du bitte in der Mühle nach ob du einem Menschen findest scheinbar hat noch keiner bemerkt das hier alles in Trümmern liegt." Meine Suche, mit den Augen, in der direkten Umgebung nach einem Troll oder ähnliches war nicht erfolgreich. Ich nicke ihm kurz zu und ziehe mein Schwert, was Anton bemerkt mir zu nickt und selber ein kleines Silbernes Messer zieht. Dieses Bild lässt mich etwas schmunzeln, das Messer ist nicht größer wie ein Schälmesser für Kartoffeln, aber es gibt ihm anscheinend die Sicherheit die er braucht. In meinem letzten

Leben war ich nicht so mutig. Alleine in der Schule wurde ich gemobbt. Eine Freundin hatte ich bis zu meinem Sprung auch nicht. Komisch das ich ausgerechnet jetzt an mein vergangenes Leben denken muss, jetzt wo ich mit gezogenem Schwert auf die Mühle zuschreite. Meine Mutter war der einzige Mensch der immer für mich da war und sie war auch der Grund für den Sprung.

Geschwister hatte ich keine und mit 18 hatte mein Alkoholiker Vater wiedermal einen Tobsuchtsanfall, worauf hin ich nach dem er meiner Mutter, eine Blume in Form eines

Feilschens verpasst hat, aus unserer Wohnung getreten habe. Es wunderte mich nicht was drei Stunden später die Polizei bei uns schellte. Ich öffnete damals die Tür und hielt ihnen die arme entgegen, schon fest damit rechnend das er mich angezeigt hat. Allerdings nahmen die Beamten mich nicht fest, sondern teilten uns mit das er von ihnen erschossen wurde, nach dem er seine Wut auf mich an einer jungen Frau ausgelassen hat, die er mit 10 Messerstichen aus dem hier und jetzt befördert hat und dann auf einen Polizisten losrannte. In der Woche drauf lebte meine Mutter förmlich auf, wir gingen essen und fuhren ans Meer, wodurch wie die Beerdigung verpasst haben, aber es war uns auch komplett egal! Dann kam aber der erste Schicksalsschlag. Meine Mutter stürze im Treppen Haus und brach sich das Becken. Gezwungen sechs Wochen im Bett zu bleiben hat ihr richtig zugesetzt. Als sie Grade in der Reha war Stab ihre Schwester. Tante Inge und Mama haben sich als Kinder sehr nah gestanden, was ihr jetzt einen großen Schock verpasst hat. Als sie anfing sich einzuigeln, fing ich an mir Sorgen zu machen, bis zu dem Tag, als ich nachhause kam von einem Probetag in der Stadt in einem Möbelhaus. Ich betrat unsere Wohnung und rief sie, doch es kam keine Antwort. Sie lag im Bett wie so oft nach dem Tod ihrer Schwester. Als sie aber sechs Stunden später noch immer schlief schaute ich nach ihr. Sie war verstorben und mir brach das Herz. Die nächsten Stunden nach dem die Polizei da war und sie abgeholt wurde, war ich wie in Trance! Ich kann mich an kaum was erinnern was ich getan habe. Zwei Flaschen Whisky haben mir geholfen zu vergessen, was half bis ich wieder etwas klar im Kopf wurde und aufs Dach stieg und sprang. Warum ich diesen Gedanken jetzt habe weiß ich nicht, aber ich mit gezogenem Schwert stehe ich nun vor der Tür der alten

Mühle und schiebe sie langsam, ohne zu klopfen auf. Stille! Niemand zu hören oder zu sehen. Die Mühlräder stehen reglos still, ein paar Öllampen brennen die es in der Mühle heller machen als der Tag Draußen.

" Kann ich was für dich tun?"

Erschrocken fahre ich zusammen, als die männliche Stimme hinter mir mich aus der Konzentration reißt und mich um 180grad drehen lässt.

" Pack den Zahnstocher weg bitte ich werde dir schon keine Überbraten!"

Ich schaue auf den man und auf mein Schwert und vertraue ihm. Während ich das Schwert in meine Schwertscheide führe.

" Wer bist du? Und warum ist hier niemand der das Mühlrad repariert?"

" Die erste Frage gebe ich gerne zurück! Und auf die zweite Frage wüsste ich auch gerne die Antwort! Aber ich bin Michael der Leiter dieser Mühle! Und weil ich die Frage schon erahnen kann! Nein, ich bin nicht alleine! Die anderen sind in den 2 anderen Mühlhäusern!" " Freut mich Michael! Ich bin Fürst Hagen und Draußen sind noch Alice unsere Bogenschützin und Anton unser Heiler. die sich Grade das kaputte Mühlrad anschauen."

" Wie das kaputte Mühlrad?"

Kaum ausgesprochen rennt er auch schon fluchend raus. Ich verstehe die Gesellschaft nicht. Man wird.... Wie alt wird man hier eigentlich? Naja man wird sehr, sehr alt aber Bei sowas rennen alle sofort los und man hat anscheinend keine Ruhe. Ich renne sofort hinterher und sehe wie Michael auf dem zerstörten Wasserrad anfängt fluchend rum zu klettern.

" Verflucht noch eins! Wer...... was......"

Meine Blicke treffen die irritierten Gesichter von Alice und Anton.

" Keine sorge hier ist nichts passiert! Dass ist Michael er ist hier der Chef."

Fasziniert schauen wir zu dritt dem Schauspiel zu, bis ein Aufschrei der wütenden Erkenntnis ihn entfährt. Mit einer Hand wickelt er ein Seil von der Achse des Wasserrads und der Blick den er aus Wut und Erkenntnis ersehen lässt, lässt uns erahnen was er wohl in seinen Bart murmelt.

Als er vom Rad herunterspringt und sofort in ein Lagerhaus neben der zerstörten Mühle rennt, blicken wir ihn nach, als dennoch ein Tumult losbricht, rannten wir los. Umso näher wir kommen, umso lauter werden die Stimmen. Michael ist deutlich zu hören.

" Wie oft habe ich gesagt lasst den scheiß Eimer nicht im Wasserliegen? Jetzt ist das verdammte Mühlrad hin und staut das Wasser."

Als wir reinkommen steht Michael mit dem Gürtel in der Hand über einen vielleicht 12jährigen jungen gebeugt und hält in der Hand einen Gürtel.

" Es tut mir leid! Ich wollte das nicht."

Die aufgeplatzte Lippe des Kindes, zeigt sofort warum Michael den Gürtel in der Hand hält.

" Du bist zu nichts zu gebrauchen! Zu rein Garnichts!"

Michael beugt sich zu dem Jungen runter und noch bevor er die Knie komplett gebeugt hat, packe ich ihn schon hinten am Kragen und reiße ihn auf den Rücken. Mein Schwert fährt an seine Kehle und ein Aufschrei vor Schreck und Entsetzen ist aus mehreren Ecken zu hören.

Frauen und Männer die ringsum stehen, sind schockiert über meine Reaktion.

" Schlag das Kind noch einmal, dann rollt dein Kopf hier über den Boden, wie dein Mühlrad!"

Michael funkelt mich jetzt wutentbrannt an.

" Dieses Kind ist weit über 50 Jahre alt! Dieses Kind zerstört hier bald alles und ich habe ihn nicht geschlagen du Idiot!"

 Nach dem Wort Idiot, spannte ich mich förmlich an und schnitt ihm dabei leicht in seine Kehle. Ein kleiner Blutstropfen perlt über die Spitze meiner Klinge als er weiterspricht.

" Ich wollte ihm den Arm abbinden er blutet stark, weil er sich aus Versehen mit der Sichel in den Arm geschnitten hat."

Kaum ist der Satz ausgesprochen, ziehe ich mein Schwert von ihm weg und Anton eilt zu dem jungen und kümmert sich sofort um seine Wunde. Michael richtet sich langsam wütend auf und richtet seinen Finger auf mich. " Und du verlässt sofort meine Mühle ist das klar."

Ich drehe meinen Kopf zu Alice und Frage:

" Sag Mal Alice gehört diese Mühle zu den Ländereien von Idra?"   Alice hat sofort verstanden.

" Ich glaube wohl nicht Hagen aber das ist ohne hin egal du bist der Fürst und er ist nur ein Müller."

An die irritierten Gesichter kann man sich echt gewöhnen. Michael schaut bislang wie jeder geschockt nach der Nachricht und spricht dann direkt Alice an.   " Machst du Grade einen Witz? Oder ist er jetzt wirklich Fürst von Idra?" Alice konnte es nicht lassen spöttisch auf diese Frage zu antworten.

" Glaubt ihr wirklich ich mache Witze? Wie viele Menschen kennt ihr die auf Pferden durchs Land Reisen, einen Heiler und eine Ritterin dabeihaben und mit einem Schwert einen Mann einhaltgebieten der so aussieht, als schlage er ein Kind zu Brei?"

Seine Überlegung ist sehr kurz und endet darin das er auf dem Bauch liegt meine Schuhe küsst und anfängt zu Jammern. Es ist kaum verständlich aber Worte wie. Ich bin unwürdig und mein Fürst waren da noch rauszuhören. Ich nutze aber gleich die Chance um ihn und seine Leute etwas anzutreiben.

" Mensch was steht ihr alle da so Rum repariert das Gottverdammte Mühlrad!"

Augenblicklich stürmen die Angestellten in dieser Mühle hinaus und nicht Grade selten sind die Worte mein Herr oder jawohl Sir zu hören was ich ignoriere und wende mich wieder an Michael.

" Jetzt wo das geklärt ist, wir suchen den Bauern vom Hof aus Nähe der Stadt Rath. Ist er hier bei euch."

" Ja mein Fürst er ist in einem der Betten im Haupt Haus. meine Frau Vera kümmert sich um ihn. Er kam hier bewusst los und verletzt an. Bis jetzt ist er aber noch nicht aufgewacht. Wir haben ihn bewusstlos reitend auf einer Kuh gefunden. Aber Vera weiß mehr wie es ihm geht. Frag sie einfach und es tut mir leid, wirklich für meine Reaktion."

" Ach was ich habe übertrieben reagiert."

Er führt uns in das große Haupthaus. Diese eine Mühle ist mehr als nur eine Mühle, es ist ein kleines eigenes Dorf für sich. Jetzt wo wir hier Langlaufen sieht man immer mehr Menschen.

" So ihr seid also der neue Fürst von Idra? Wann seid ihr angekommen?"

Unser Gespräch über die Ankunft und der Werdegang in kurz und endet als wir auf den Jungen von eben kommen.

" Der kleine ist ein lieber, aber er ist jetzt schon über 50 Jahre bei uns hier, benimmt sich aber wie ein kleiner Idiot. Immer wieder verletzt er sich oder macht Sachen kaputt. Er benimmt sich wie ein kleines Kind."   " Vielleicht ist er in dem Alter stehengeblieben?"

" Nein er spielt das Kind und dass ist uns allen bewusst."

Wir kommen durch das Eingangstor und werden direkt von weiteren Frauen und Männern angeschaut. Eine großgewachsene Frau steht über ein Bett gebeugt und blickt auf einen bewusstlosen Mann mit Bart. Das muss wohl der Mann von Mareike sein.

" Wenn er wach wird beruhigt ihn! Mareike ist in Sicherheit, der Troll ist tot!"

Vera schaut uns unsicher an, als ob sie nicht versteht worum es geht. Ihr fehlt einfach der Kontext. Ein Klirren, dem ein Plasch folgt reißt sie aber in dem Moment wieder zu ihrem Patienten. Der Jetzt vollkommen nass auf dem Bett liegt und eine junge Frau die ebenso nass ist, liegt auf ihm drauf mit einem jetzt Leeren Putzeimer in der Hand. Stöhnend richtet sie sich auf und bildet ein sehr bizarres Bild.

" Oh mein Gott! Jenny du verdammter Tollpatsch kannst du nicht einmal aufpassen?"

Bei diesen ernsten Worten, können wir nicht anders und fangen an zu lachen. Dieses bizarre Bild von der klatschnassen Jungenfrau, sind eben ein Bild für die Götter. Vera schaut dann wieder schnell zu mir rüber.

" Endschuldigt bitte, der Tollpatsch heißt Jenny und die fliegt gleich raus! Das war der dritte Vorfall in nicht Mal 24 Stunden! Diese Frau ist absolut untragbar! Ich weiß nicht was man dazu veranlasst hat ihr den Job als meine Gehilfin zuzuweisen."

Jenny hat das natürlich mitbekommen und rennt mit dem leeren Eimer, jetzt weinend aus dem Raum und wir folgen ihrem Beispiel und gehen hinaus zum zerstörten Mühlrad. Etwa zwanzig Männer inklusive Michael sind zu Gange und legen den Bach wieder frei. Zwei weitere Männer flicken die Brüche des Bachlaufs, mit großen Findlingen, die sie mit Stangen, in die Risse wuchten. Wir schauen eine ganze Weile zu, bis der Bachlauf wieder anfängt in seiner Bahn zu fließen, genau genommen bis Vera kommt um uns abzuholen und uns die Zimmer für die Nacht zu zeigen. So schnell wie der Tag hier umgegangen ist, überrascht es uns nicht wie schnell die Nacht hereinbricht und wir in unseren Betten liegen.

KAPITEL 7 -ZU VIERT-

Der Schlaf tritt schnell und traumlos ein, bis ich
durch ein merkwürdig vertrautes Gefühl geweckt
werde. Es ist absolut dunkel und ich spüre etwas
an mir, nämlich Haare die mich an meiner Seite
kitzeln. Ich beginne im Halbschlaf zu realisieren,
dass wohl eine Frau neben mir, in meinem Bett
liegt und mich sanft berührt. Ich fahre eine
Hand aus und fahre mit den Fingern über ihre
nackte Schulter und bis zu ihrer Hand, die auf
meinem Oberschenkel liegt. Ihre Nase liegt
direkt an meiner und ich spüre ihren Atem an
meinen Lippen, Ihre Haare auf meiner Brust und
die Wärme die von ihr ausgeht. Ihre Brust
berührt meine und ich spüre ihre harten Nippel
an meinem Körper. Dieses dumpfe Gefühl in
meinem Kopf, was mir sagt ich möchte sie
einfach küssen, ist überwältigend. Ich greife die
dünne Decke die man mir gegeben hat und decke
uns beide damit zu. Als ich das tat, küsste sie
mich. Ihre Zunge umspielt ganz sanft meine und
fängt Spielerich an zu zucken, worauf hin ich

sofort Errege. Ihre Fingernägel der linken Hand, kratzen langsam meine Hüfte und die andere hält meinen Rücken so fest als könnte ich jeden Moment verschwinden, was mich direkt leicht aufstöhnen lässt. Meine Hände tun es ihr gleich und ich ziehe sie an mich ran. Nichts kann dieses verlangen zerstören und doch ändert sie jetzt ihre Körperhaltung, ihre Hand an meiner Hüfte wandert nun zwischen meine Beine und packt zu. Ihre heißen Hände lassen mich erneut aufstöhnen und bringt mich nun ganz um den Verstand, als sie anfängt ihre Hand in einer leichten Bewegung vor und zurück zu bewegen. Auch wenn ich es wollen würde, könnte ich nicht protestieren. Ihre Zunge dringt immer fordernder in meinen Mund und lässt nur mein Stöhnen weiter heraus. Um es ihr gleich zutun wandern meine Hände nun von ihren Brüsten, zwischen ihre Beine und ich fange langsam an ihre feuchtheit zu streicheln und zu liebkosen. Jetzt wiederum stöhnt sie auf und presst sich fordernder an mich heran. Bis sie plötzlich ihre Hand weg zieht und mich auf den Rücken schubst, wodurch ich merke, dass ich eine Grenze überschritten habe. Sie spreizt ihre Beine und setzt sich rittlings auf mich und lässt mich mit einem lauten aufstöhnen beiderseits in sie ein dringen. Heiß und sehr feucht umschließt sie mein Glied mit ihrer heißen Mitte und fängt an mich langsam zu reiten. Als sie sich vorbeugt um mich zu küssen greife ich vorher ihre Brüste und fange an mit der Zunge an einem ihrer Nippel zu spielen. Ein zittern geht durch sie hindurch, woraufhin ihre Bewegungen mit der Hüfte schneller werden und ihr sie immer fordernder wird. Sie fängt leicht an lauter zu werden als ihre rhythmischen Bewegungen immer schneller werden. Bis ein Aufschrei von ihr und ein krampf artiges festhalten mir anzeigt. Das sie gerade kommt. schwer keuchend bleibt sie auf mir sitzen und macht mich dadurch jetzt sehr wild. Ich will sie, ich will sie jetzt! Ich fasse sie fest an ihrer Hüfte und drehe sie auf den Rücken. Ich küsse sie während ich sie jetzt nehme. Sie stöhnt laut auf, als ich anfange sie hart und schnell zu nehmen. Die Lust übermannt mich völlig. Wie ein Biest nehme ich sie nun immer schneller. Ihre Finger Krallen sich fest in meinen Rücken, als ich vollständig die Kontrolle verliere und ihr noch einen Kuss geben bevor ich mich mit einem Aufschrei in sie ergieße. Langsam

95

rutsche ich von ihr runter und küsse sie sacht, während ich wieder einschlafe.

Der Lärm von Hammerschlägen und das rufen von Männern wirft mich aus dem Bett. Langsam drehe ich mich zur Seite, doch die Frau der Nacht war nicht mehr da. Ich frage mich ob es Alice war? Es muss Alice gewesen sein. Wer sonst könnte auf die Idee kommen, nachts in mein Bett zu kommen? Langsam stehe ich auf und ziehe mich an. Das treiben draußen ist sehr energisch, und scheint immer lauter zu werden. Als ich aus dem Zimmer trete eilen ein paar Frauen mit Töpfen bewaffnet an mir vorbei, sie dampfen und es riecht herrlich nach Eintopf, aber scheinbar nimmt keine der Frauen Notiz von mir. Als ich das Haus verlasse sehe ich gleich wo der Trubel herkommt. Das Mühlrad steht wieder, als sei es nie zerstört gewesen. Jedenfalls fast! Ein paar Bretter werden noch ersetzt, woher die Hammerschläge herrühren. Anton und Alice stehen direkt vor dem Mühlrad und schauen ebenfalls bewundernd zu. Ohne ein Wort Stelle ich mich daneben und lege die Hand auf Alice Schulter und sofort verwundert ziehe ich sie wieder weg. Diese Schulter.... Dieses Gefühl ist anders, was bedeutet das Alice nicht heute Nacht bei mir gelegen hat. Ihre Schulter ist nicht so muskulös, sie ist sanfter und feiner.

" Hagen ist alles in Ordnung?"

Mein Blick spricht Bände und sie schaut mich jetzt verunsichert an.

" Hagen stimmt was nicht ist alles in Ordnung?"

" Ja..... Ich denke schon"

stottere ich ihr als Antwort entgegen, worauf hin sie fragend schaut und mit den Schultern zuckt. Ich selber Frage mich jetzt wer war meine nächtliche Begleitung? Wie als wenn Vera meine fragende Panik bemerkt hat, klingelte sie mit einer Glocke und ruft alle zum Essen. Kaum ist die Glocke ertönt schauen mich Anton und Alice an und Anton ergriff auch das Wort.

"Also... Vera hat heute Morgen schon einen boten nach Mareike geschickt, wir brauchen also nicht wieder zurück, aber wie sollten schauen das wir nach dem Essen weiterziehen. Wir haben noch einen Riesen Marsch vor uns, oder ehr einen langen Ritt."

97

Als Anton vom Reiten anfängt zu reden, muss ich wieder an letzte Nacht denken aber der Gedanke wird gleich wieder durch Alice unterbrochen.

" Übrigens wird uns Jenny begleiten. Michael will wie er sagt >> Die tollpatschige Kuh << loswerden. Daher habe ich angeboten, dass sie uns begleiten wird."   So schnell werden aus uns Drei Reisenden Vier.

Nach dem Essen war uns schlecht. Vera ist zwar eine ganz liebe, aber kochen ist wohl nicht ihre Stärke. Das Essen war versalzen, doch trotzdem loben wir es, wie sind eben höflich und ich mache mich daran unsere Pferde zu Satteln, während Alice und Anton sich mit den Reisevorbereitungen beschäftigen. Ich befestige mein Schwert an meinem Sattel und klopfe dem Pferd an die Flanke, als hinter mir eine Stimme ertönt.

" Endschuldige? Fürst Hagen?"

Langsam drehe ich mich um und Jenny steht vor mir. Ich lächle sie an und blicke dabei in ihr lächelndes Gesicht.

" Hallo Jenny, ich habe gehört du wirst uns begleiten?"

" Ja schon, aber ich habe kein Pferd und habe mich gefragt, nach gestern Nacht ob wir uns ein Pferd teilen werden."

Ungläubig schaue ich sie an. Letzte Nacht, ich denke kurz nach und sehe ihren Körper mit meinem verschmelzen. Oh mein Gott! Es war definitiv nicht Alice die zu mir ins Bett kam! Es war Jenny.

" Also du warst, dass? Aber wieso?" Jenny läuft rot an und schaut betroffen zu Boden.

" Ich wollte..... Äm..... Ich wollte dich nicht verlegen machen, aber du hast mich so angeschaut, dass mein Herz einen Satz gemacht hat und ich dachte dein Blick wollte mich auch."

" Mein Blick? Du hast mir leidgetan, als man dich ausgeschimpft hat, aber keine mach dir Sorgen, es war schön in der Nacht."

Erleichtert schaut sie nun auf und marschiert auf mich zu. Sie lächelt kurz und nimmt mich in den Arm und ich spüre eine heiße Träne die über unsere Wangen kullert. Jenny muss sich sofort verliebt haben und sie sieht ja auch nicht schlecht aus. Nur jetzt bin ich zwei geteilt. Alice oder Jenny, schließlich schwärme ich jetzt irgendwie für beide. Trotz allem wird es Zeit weiterzuziehen. Idra ist unser Ziel und wir haben jetzt schon mehr an Weg zurückgelegt als wir eigentlich vor hatten. Allerdings muss ich was Falsches gesagt haben, Jennys Blick senkt sich, und sie schaut betroffen zu Boden.

" Tut mir leid, ich kann eben einfach nie irgendwas richtig machen."

" Ach alles ist gut! Aber Jenny sag mal bitte, wie bist du denn gestorben?"

Anscheinend habe ich es schon wieder geschafft in ein Fettnäpfchen zutreten. Ihr Blick fixiert immer noch starr den Boden, aber jetzt ist sie auch vollkommen erstarrt. Ich habe sie wohl in eine Erinnerung geworfen, die ihr sichtlich zu schaffen macht.

" Jenny endschuldige die dumme Frage bitte. Ich war nur neugierig."

Mehr als ein leichtes nicken kommt jetzt aber nicht mehr von ihr, was mich dazu veranlasst langsam und schweigend die Scheune zu verlassen und nach Alice und Anton zu suchen. Anton war nicht schwer zu finden. Er stand draußen mit Michael und beide besprechen grade unsere Abreise. Eines muss man Anton lassen, er ist immer auf das nächste Ziel fokussiert. Sein organisatorisches Talent ist sagenhaft. Die Wortfetzen die ich auf fange sind eindeutig.

" Wir brauchen noch...... Zelt....... Vorräte...... Habt ihr eine Karte?....."

Ich stelle mich einfach zu beiden dazu, und merke wie abrupt das Gespräch abbricht und beide mich mit einem Lächeln im Gesicht anstarren.

" Redet ruhig weiter, ich bin gar nicht hier,"

antworte ich und grinse.

Nagut Hagen fällt dir ein was wir noch brauchen?
Michael stellt und 2 Zelte und ein paar Vorräte
zur Verfügung."

Mit einem Grinsen schaut Michael mich an und
klopft mir auf die Schulter.

" Nein ich denke wir sollten soweit alles haben
und hat Jenny alles?"

Frage ich Michael direkt.

" Jenny ist naja, sie hat nie einen Job erhalten.
Sie ist eines Morgens genau hier, bei der Mühle,
aufgewacht. Es ist ein Wunder, dass sie denn
Übergang geschafft hat. Die meisten kommen
nicht durch, wenn kein Arzt da ist. Aber sie ist
ein riesiger Tollpatsch! Sie kann keine drei
Schritte weit laufen ohne eine Katastrophe
auszulösen. Dennoch ist sie für mich wie eine
Tochter! Daher habe ich eine bitte an euch.
Passt auf sie auf und gebt ihr ein sicheres
Leben, bitte!"

Ich nicke ihm zu, wie soll ich auch so eine bitte
ablehnen. Er gibt uns ein Familienmitglied mit auf
die Reise, auch wenn sie mit Anlauf in jede
Pfütze fällt, tut er es schweren Herzens, dass
merkt man ihm an.

" Ich werde sie beschützen und wir werden

schon etwas für sie in Idra finden."

" Danke!"

Ich mache mich direkt wieder auf den Weg zum Stall um Jenny von diesem Gespräch zu erzählen, als mir keuchend Alice entgegenfällt. Der Länge nach liegt sie vor mir und keucht vor sich hin.

" Ist alles in Ordnung Alice?"

" Ja..... *keuch* ich..... musste nur.....*hust* dich finden. Ich weiß nicht..... Vera sucht..... Dich.....*keuch* uff......ich muss wirklich.....mehr Sport machen....."

Lachend lege ich eine Hand auf ihre Schulter, sage ihr ein kurzes Danke und gehe los um Vera zu suchen. Die mir nach wenigen Metern winkend schon entgegen kommt.

" Hagen, ich habe Alice darum gebeten, dass sie dich schnell herruft ich brauche deine Hilfe, oder ehr ich habe eine Bitte. Lass uns ein paar Schritte gehen."

Dieser Einladung folge ich gerne und laufe neben ihr her während sie erzählt.

" Weißt du Hagen, es ist ein Segen das du hier bist. Du als neuer Fürst kannst etwas bewegen. In der letzten Zeit werden viele Höfe angegriffen und die Armee rührt bis jetzt keinen Finger. Wir brauchen dringend Hilfe! Wir brauchen dringend deine Hilfe! Sonst wird uns bald das Korn ausgehen und dann gibt es auch weniger Essen. Bitte wenn du bald die Chance hast Schütze das Land. Wirst du das für uns alle tun?"

" Natürlich, diese Reise die wir bis jetzt angefangen haben, ist glaube ich, genau das was hier fehlte! Einen der das Leid, das Glück und die Sorgen der Menschen hier sieht."

Vera nickt mir zustimmend zu.

" Und Pass mir bitte auf Jenny auf! Mir ist gestern schon aufgefallen, dass sie dich beim Essen angestarrt hat. So jetzt muss ich aber wieder zu den anderen in die Küche. Seit vorsichtig auf der Reise."

Ich wiederum nicke jetzt Vera zu und gehe wieder zum Stall zurück. Anton steht diskutierend mit Alice vorm Stall. Jenny steht etwas abseits, die Hände hinterm Rücken verschränkt, so wie ein kleines Kind, was Grade einen Stein durchs Nachbarsfenster geworfen hat. Langsam schreite ich auf die zwei Streithähne zu und Frage direkt.

" Was hat sie angestellt?"

Die Blicke sprachen Bände! Ich bin ja eigentlich der, den man lesen kann wie ein offenes Buch. Aber dieses Mal sehe ich das beide denken, woher weiß er das jetzt.

" Kommt schon Leute, sie steht da als wenn sie Grade Mist gebaut hat und ihr beide streitet wie die Rohrspatzen."

Nach dem beide einen Blick zu ihr geworfen haben kommt Anton einen Schritt auf mich zu.

" Sie wollte helfen die Pferde zu Satteln und ist dabei auf die Tasche von Alice getreten.

Alle ihre Pfeile sind zerbrochen. Kein einziger von ihnen ist noch brauchbar. Ich habe Alice noch nie so wütend gesehen wie in diesem Moment."

" Verstehe..... Was machen wir jetzt?"

" Wichtiger ist, wo bekomme ich jetzt neue Pfeile her?"

Der Blick von Alice spricht Bände! Ihre Wut und dieser Hass. Selbst mir wird Grade mulmig. Aber ich habe eine Idee.

" Okey, Alice du nimmst die kaputten Pfeile und gehst zu Michael. Er hat Werkzeug und seine Handwerker hier sind sagenhaft schau dir alleine das Mühlrad an! Ich werde mit Jenny reden und Anton du packst in der Zeit fertig! Einverstanden?"

Von beiden kommt ein gemurmeltes Ja und wie aus der Pistole geschossen, folgen beide meiner Anweisung, auch wenn Alice sich einen kleinen Seitenhieb in Richtung Jenny nicht verkneifen kann.

" Jenny! Du musst echt vorsichtiger sein.

Vorallem wenn wir reisen!"   Jenny schaut

betroffen zu Boden und nickt.

" Ich kann nichts dafür...... Weißt du in meinem vorherigen Leben konnte ich nicht laufen! Ich war querschnittsgelähmt.... Und in der Zeit die ich jetzt hier bin, ist es für mich immer noch ungewohnt."

" Na das ist doch was! Dann können wir ja dran arbeiten."

Ihr Zauberhaftes lächeln lässt mein Herz höherschlagen. Ich denke genau sowas hat sie gebraucht. Etwas Lob und Anerkennung.

Wir brauchen etwa eine Stunde bis wir alles gepackt haben und auf den Pferden sitzen.

Mein Tipp, mit den Pfeilen war super. Alice schwärmt davon wie gut die neuen Pfeile sind, als wir uns in Bewegung setzen. Jennys Kopf liegt auf meiner Schulter und ihre Arme sind um mich gelegt. Vom Blick her ist Alice noch sauer auf Jenny aber das wird vergehen. Anton mosert schon beim Anreiten, das sein Gepäck an seinen Beinen scheuert. Ansonsten sind wir absolut still und angespannt, als wir wieder in die Ferne aufbrechen, um Idra endlich zu erreichen.

KAPITEL 8 -KENNENLERNEN-

Wie der ritt zur Mühle gestalten sich die nächsten Kilometer gleich. Felder über Felder, zwischendurch kleinere Höfe, die meist in Trubel versunken sind. Aber ein Hand Gruß oder mal ein freundliches >> hallo << waren immer dabei und der kleine Bach neben uns der uns die ganze Strecke begleitet.

" Die Stille geht mir richtig auf den Sack!"

Meine Laune ist so langsam, seit der Abreise, an einem Tiefpunkt angekommen, dies ändert sich erst, durch Alice, an einem kleinen Buchenhain.

" Wir sollten rasten! Was denkt ihr?"

Der Vorschlag von Alice schlägt ein wie eine Bombe. Die Stimmung bei allen war direkt vorhanden, mit der Aussicht auf ein essen und die Beine zu vertreten, jubiliere ich innerlich schon. Kurz darauf sitzen wir auch schon ab. Jenny hat die meiste Zeit, während des ritts festumschlungen an mir geschlafen. Was sie allerdings jetzt aufleben lässt. Kaum ist sie vom Pferd runter, ist sie auch schon in den Bäumen verschwunden und sammelt Feuerholz, dicht gefolgt von Anton der immer noch stumm, ihr hinterher huscht und Steine Sammelt. Nur Alice und meine Wenigkeit stehen da wie bestellt und nicht abgeholt.

"du Hagen? Sag mal was hältst du von Jenny?"

Schwingt da etwa Eifersucht mit?

" Was soll ich von ihr halten? Sie ist sehr nett."

" Nur nett?.... Alice wird leicht rot bei der Frage."

Soll ich ihr sagen das ich sie mag? Oder soll ich's belassen wie es ist.

" Hagen ich mag dich jedenfalls."

Okey dieses Geständnis lässt mich jetzt rot werden.

" Ich mag dich auch Alice!"

Ich weiß nicht wie sie es aufgefasst hat, aber sie hat direkt ein breites Grinsen aufgelegt.

" Hagen das ist....."

In dem Moment als sie ansetzt zu sprechen, kommt Jenny mit einem Arm voller Stöcke aus dem Wald und legt sie vor uns ab. Ich schaue Alice an, die aber kein Wort mehr rausbringt und einfach Jenny anschaut. Also ist es doch Eifersucht! Wie ich damit nun umgehe muss ich mir später überlegen. Nach zehn Minuten ist auch Anton zurück, und vor uns prasselt ein schönes Feuerchen. Anton der jetzt viel entspannter wirkt ist auch etwas gesprächiger und diskutiert mit Jenny und Alice über Heiler Erfahrung.

" Wisst ihr, bei so manchen Lappalien wie Splitter oder einer Erkältung fühle ich mich dann doch sehr unterfordert. Ob wohl Alice erinnerst du dich an den Musiker mit dem Blinddarm Vorfall? Ich muss mich da schon selber loben, wie gut ich das hinbekommen habe."

Ich selber finde das Thema nicht allzu interessant und stochere mit einem Stock im Feuer herum.

" Und du warst direkt Heiler? Nur weil ein Mann dir das gesagt hat?"

" Natürlich Jenny! wie hast du deinen Job denn bekommen?"

" Ich war einfach da...." Okey das Gespräch wird jetzt doch interessant.

" Ich wachte einfach an der Mühle auf und Zack brachte man mir bei, wie ich dort arbeiten musste."

" Du warst nie bei deiner Job Vergabe? Jeder muss da hin!" Ich spitze weiter meine Ohren und lausche gebannt.

" Das habe ich nicht gewusst."

In Jennys Stimme schwingt nun auch noch eine furcht mit, die ich mir kaum erklären kann. Hat sie etwa etwas falsch gemacht? Oder sogar etwas Verbotenes? Und warum mache ich mir Grade Sorgen um sie? Alice mischt sich jetzt ins Gespräch ein.

" Mach dir keine Sorgen es ist ein ungeschriebenes Gesetz, dass jeder zu seiner Job Einweisung muss. Manchmal ist es sogar sehr gut! Schau dir unseren Hagen an. Aber wenn du deinen Job bekommen hast, ist es kein Job mehr, sondern deine Berufung."

Jenny schweigt und fängt an nachzudenken. Ich kann mir genau vorstellen was Grade in ihr vorgeht, schließlich habe ich dasselbe auch vor ein paar Tagen empfunden, als ich es erfahren habe. Die Neugier muss für sie jetzt unerträglich sein. Ich Rutsche etwas näher an Jenny ran und lege meinen Arm um sie.

" Hab keine Angst vielleicht ist das der Grund, warum du so ein Tollpatsch bist."

Ich lächle sie an, als sie mich ungläubig anschaut. Fettnapf oder irritiert? Ich kann es nicht erkennen. Aber ich weiß es ist genau das richtige Verhalten in diesem Moment, da sie sich an mich anschmiegt. Wodurch Alice Blick in diesem Moment töten kann. Also auf die eine oder andere Art habe ich ein Fettnäpfchen doch erwischt. Ich habe es kaum für möglich gehalten, aber Anton bemerkt es auch und wechselt augenblicklich das Thema.

" Sag Mal Jenny, erzähle uns Mal was von dir. Wo hast du gelebt? Wie bist du gestorben und was hast du früher gemacht?"

" Also ich lebte in einem kleinen Dorf in Nordrhein-Westfalen. Was ich vorher gemacht habe, ist der Grund warum ich nun hier bin. Ich konnte nichts machen Seit ich 3 Jahre alt war. Bei einem Verkehrsunfall Staben meine Eltern und ich war gelähmt. Ich konnte nur meinen Kopf und den linken Arm bewegen."

Sie wird beim Erzählen richtig melancholisch.

" Dann kam ich in eine Pflegefamilie bei der ich aufwuchs. Vor ein paar Jahren hatte ich bei einem Ausflug auf dem ich wiedermal von meinem Stiefbruder gehänselt und aufgezogen wurde, die Nase voll. Ich wollte ihm eins auswischen und als wir auf einem Hügel waren, löste ich die Bremsen vom Rollstuhl, den er schieben sollte und wie beabsichtigt rollte der Rollstuhl den Hügel hinab."

Eine Träne rollt ihr über die Wange und sie beginnt beim Erzählen leicht zu weinen.

" Ich wurde immer schneller und steuerte auf eine Wiese zu. Ich wollte das er ärger bekommt. Doch dann kam alles anders eines meiner Räder blockierte und ich überschlug mich. Das letzte was ich noch weiß ist das Knacken von meinem Genick."

Nach den letzten Worten schluchzte sie noch Mal kurz auf, bevor sie sich wieder fasste. Ich

nahm sie in den Arm und merke wie auch Alice
sie herzlich umarmt und ihr für mich etwas
Undeutliches zuflüsterte.

" Nach dem meine Frau mich betrogen hat habe
ich mich erhängt."

Wow! Anton ist wie immer kurz und bündig, aber
ich weiß warum er dies sagt, er ist ein Meister
des Taktgefühls. Die leichteste Methode um
Trauer zu nehmen ist und bleibt eben Ablenkung
und andere Gedanken und ich tue es ihm nun
gleich.

" Ich bin vom Hochhaus gesprungen."

Nach meinem Satz erwarte ich nun von Alice das
sie anfängt zu reden.

" Soll ich uns jetzt mal was kochen?"

Nagut nicht ganz, dass was ich erwartet habe,
aber immerhin. Der beste Vorschlag des
heutigen Tages! Eine kleine Pfanne wandert so
gleich durch Alice Hand auf unser Feuer.

" Anton Holst du mir bitte die braune
Ledertasche von meinem Pferd?"

Noch bevor Anton reagieren kann, springt Jenny auf und holt sie. Mit einem bitte überreicht sie die Tasche.

" Ich möchte auch was beisteuern. Ihr seid alle so lieb zu mir und akzeptiert mich alle so wie ich bin. Warum gehen wir eigentlich nach Idra?"

" Ich muss dort als Fürst meinen Tron einnehmen. Wie ich hier überall schon merke, fehlt es überall an Schutz und Hilfen."

Das zischen in der Pfanne und der Geruch von bratendem Speck ist einfach himmlisch! Ob wohl wir vor wenigen Stunden erst gegessen haben. Kommt es mir vor als wäre es Tage oder Wochen her. Ich Strecke meine Nase in den Wind und genieße den Duft. Einfach himmlisch! Plötzlich reist Anton mich aus den Gedanken.

" Hagen schnell ich habe eben was im Wäldchen gesehen, komm wir holen es."

Ich nicke ihm zu und folge ihm in den Wald. Kaum im Wald pflückt Anton ein paar Kräuter, die wie Petersilie aussehen und etwas wie Brennnesseln.

" Ich habe die Kräuter nur als Vorwand genommen, um mit dir Mal in Ruhe zu reden. Bis jetzt war immer Alice in der Nähe oder auch Jenny."

" Okey, ist denn alles in Ordnung?"

" Ja, schon... Nur ich habe eben gelogen. Ich möchte nicht dein Freund sein und lügen vor dir haben. Vor allem, weil du der Fürst bist. Ich habe seit ich 16 war auf der Straße gelebt. Erreicht habe ich nie was. Ich lebte als Bettler in Preußen und beobachtete immer wieder die Menschen um mich herum. Als ich 24 Jahre alt wurde, sprach mich ein Arzt an. Sein Name war Anton. Erst später habe ich erfahren das er Anton der Schlächter genannt wurde. Er bezahlte mich dafür, dass er an mir Experimente machen durfte. Für mich war es ein Geschäft wie ich viele gemacht habe. Es klang jedenfalls besser, viel besser wie mich Frauen oder Männern für Geld anzubieten."

Ich muss schlucken. Das ist echt heftig.

" Der Arzt hielt mich dann gefangen und Spritze mir immer wieder irgendwas. Die ersten zweimal waren ja noch in Ordnung ich dachte er testet ein Medikament oder sowas. Doch dann bei

Spritze drei und vier passierte etwas. Meine Haut riss ein, jede Berührung war schmerzhaft. Ich fing überall an zu bluten. Es schien aber dem Arzt zugefallen. Ich sprach ihn darauf an und er lachte mich nur aus! Stell dir das vor, Hagen. Er lachte!!! Es wurde unerträglich diese Schmerzen! noch heute wache ich nachts auf und kann es spüren. In der Nacht drauf habe ich mich dann mit einem Bettlaken erhängt. Ich weiß nicht was es war. Was gespritzt wurde. doch ich weiß ich war nicht der einzige. Dann vor ein paar Jahren habe ich es erfahren. Er hat sich selber erschossen und nach allem was ich gehört habe, sind er, der Mann der dir deine Schuhe gemacht hat und der Nekromant ein und dieselbe Person und bevor du nun fragst, ja deswegen habe ich den Namen Anton gewählt, um niemals zu vergessen wem ich Rache geschworen habe."

" Ich verstehe warum du es keinem gesagt hast und ich werde es auch nicht weitersagen, versprochen. Aber lass uns zurück gehen ich habe Hunger."

Langsam und gut gelaunt, weil es gleich essen gibt gehen wir zurück und kommen an, während Jenny und Alice kichernd und Essend am Quatschen sind. Dieser Anblick ist seltsam. Eben noch die Eifersucht und jetzt sind die beiden schon quasi die besten Freunde.

" Typisch Frauen kaum sind wir Männer im Wald, schon Gickelt ihr um die Wette."

"Jenny hat mir nur Grade erzählt was alles bei ihr schon schief ging."

Das Essen schmeckt prima etwas Speck, ein paar Eier und etwas Brot, was kann es Besseres geben. Ich betrachte den Speck und wundere mich schon etwas.

" Sagt Mal wo kommt eigentlich das Fleisch her? Ich kann mir nicht vorstellen, dass diese Tiere alle Selbstmord begangen haben."

Mit lautem schmatzen kommt auch direkt die Antwort von Alice.

" Weißt du...... wir Menschen treten...... über in diese Welt...... Deswegen können wir...... auch keine Kinder bekommen."

Sie nimmt noch einen Bissen.

" Aber die Tiere leben....... hier entwickeln sich........ Wie in der letzten .... Welt ......"
Anscheinend benötigen wir ihrer Meinung nach

nicht mehr Informationen. Die mir dann aber Anton gibt.

" Hagen wir wissen es selber nicht genau, aber ich vermute das es in jeder Welt Tiere gibt und wir nur die Gäste sind."

Zufrieden und satt, sitzen wir noch eine Weile einfach so da und entspannen uns. Zwischendurch gibt es einfache Unterhaltungen und wir haben noch ein paar Gespräche bis Alice die entscheidende Frage stellt.

" Wir werden heute Nacht hier rasten oder?"

Wir alle haben irgendwie keine Lust weiter zuziehen jedenfalls heute, daher bedarf es wohl keiner Antwort. Diesmal waren Alice und ich dran die Zelte auf zu bauen. Einfache Stoffbahnen, ich glaube wir haben sowas bei der Bundeswehr damals Dackelgarage genannt, aber sie erfüllen ihren Zweck. Wir drapieren sie so, dass sie in Kreisform ums Lagerfeuer herum aufgestellt sind und nach etwa einer Stunde stehen die Zelte. Ich klopfe Alice auf die Schulter.

" Uff! Fertig, was denkst du? Fürs erste Mal war ist es doch nicht schlecht oder?"

Alice lacht und legt die Hand um mich herum.

" Ach Hagen! Wir beide sind schon ein Team."

Ich verstehe was sie meint, wenn ich mir die wind schiefen Zelte anschaue und wir lachen los. Anton und Jenny, die Grade noch mal im Wald waren und jetzt auf uns zu kommen, sehen die Zelte, fangen an mit einander zu flüstern und lachen jetzt ebenfalls. Jenny, Anton und Alice merkt man an das die Pause nötig war und alle jetzt entspannter sind. Mittlerweile ist Abend und die Sonne färbt den Himmel in einem satten Orange. Ich laufe etwas in die Wiese, lege mich hin und schaue in den Himmel. Was für ein toller Anblick. Ich bin einfach überwältigt. Nach ein paar min. Setzt sich Anton neben mich.

" Hey Hagen, schön oder?"

" Ja, ich bin mir nicht mal sicher ob ich jemals so entspannt war."

" Glaub mir! Das geht allen so wenn sie hier ankommen."

" Aber Anton sag mal, was ist das mit Alice? Mal ist sie entspannt und aufgeschlossen und dann wiederum ist sie sehr ernst und man bekommt Angst das sie einen umhaut?"

" Um ehrlich zu sein, ich habe keine Ahnung. Ich war vielleicht schon zehn Jahre hier, als sie in Rath sich als Bogenschützin und Krankenschwester vorgestellt hat. Ich kenne sie als Einzelgängerin, ob wohl es mich schon wundert das sie aufgeweckter wurde, nach dem du angekommen bist."

Überrascht schaue ich ihn an.

" Sie war vorher anders?"

" Ja. Sie war eigentlich immer sehr zurückhaltend. Dann als du ankamst stand sie im Hof. Genau dort wo du erschienen bist und packte dich sofort und brachte dich zu mir. Auch wenn man es der kleinen nicht ansieht. Sie bekommt dich locker getragen. Es wirkt jedenfalls so."

" Also hat sie mich gefunden?"

" Kann man so sagen und aus irgendeinem Grund hat sie sich sofort um dich gekümmert, was bemerkenswert ist, denn sie hat bislang eigentlich keine Freunde gehabt. Auch wenn wir in Rath ein Fest hatten, war sie meistens nicht mit dabei. Ich habe das Gefühl das sie genau darauf gewartet hat. Denn jetzt hat sie uns als ihre Freunde. Aber wenn es jemand Schaft mehr von ihr zu erfahren, dann bist es sicherlich du."

Mehr Unterhaltung brauchen wir nicht, denn der Himmel ist immer noch so schön und wundervoll. Es fängt langsam an zu dämmern und wir sitzen noch ums Feuer und lauschen den Geschichten zum Land von Alice. Das knistern des Feuers und die Geschichten von Alice sind passend.

"..... Und dann ist da noch der alte Turm, genau an der Grenze zum schwarzen Land. Er ist gruselig anzusehen. Mir hat man erzählt das dort Geister leben. Vor allem nachts kommen dort seltsame Gesänge raus. Man erzählte mir das dort eine junge Frau wache hatte und als damals Trolle Angriffen, habe sie statt Alarm zugeben sich versteckt und das Wachlokal was unter ihr war wurde zerstört und alle getötet. Als Strafe habe man sie verflucht und an ihren Füßen an den Turm gehängt bis sie verhungert war. Als Fluch soll sie solange dort hängen und warten bis sie ihre Kameraden warnen kann."

Mir läuft es bei dem Gedanken, eiskalt den Rücken runter. Ob immer was an diesen Geschichten dran ist? Ich hoffe nicht, aber man weiß ja nie. Jedenfalls mit diesen Gedanken

begeben wir uns in die Zelte und beenden diesen
Tag mit einem, gute Nacht zusammen.

KAPITEL 9 -DAS GRÜNE DORF-

Die Nacht an sich war absolut entspannt. Auf
der weichen Wiese habe ich geschlafen wie ein
Stein, ein Bett hätte kaum weicher sein können.
Im Gegensatz zur Mühle bin ich hier aber als
erstes wach und schaue auf das noch glimmende
Lagerfeuer, auf das ich noch unsere letzten Äste
werfe, um es nochmal auflodern zu lassen und
gehe dann zum Bach um mich frischzumachen.
Schon jetzt obwohl die Sonne noch den Horizont
berührt ist das Wasser angenehm warm, oder bin
ich einfach nur ohne es zu wissen halb erfroren
von der Nacht? Nein es ist einfach warm.
Genüsslich tauche ich meinen Kopf unter das
Wasser, auf der Haut tut so gut, als wäre ich
seit einem Monat nicht mehr Duschen gewesen.
Ohmann duschen! Ich fange an die alte Welt zu
vergessen. Fast habe ich vergessen, dass es
Duschen gibt. Was gibt es noch alles? Wie ein
Loch.... Ich fange an zu vergessen.... Dieser
Gedanke deprimiert mich Grade. Ich muss später
Mal die anderen Fragen ob es normal ist. Aber

der Gedanke endet in dem Moment, als Alice meinen Kopf von hinten Unterwasser drückt. Ich komme hustend und nach Luft japsend wieder nach oben und höre Alice einfach und herzhaft lachen.

" Guten Morgen du Wasserratte! na, was machst du hier?"

" Guten Morgen! Bist du denn des Wahnsinns? Warum erschreckst du mich so."

Lange wütend konnte ich nicht sein, denn ich lache mit ihr los. Auch halb verschlafen, kommt Anton auf uns zu getrappt.

" Was ist denn mit euch beiden los?"

Diese Frage bleibt allerdings unbeantwortet, da Alice ihn am Gürtel packt und ihn in den Bach zieht, wo er mit einem Aufschrei und einem Platsch, der Länge nach reinfällt. Patschnass wie ein begossener Pudel, sitzt er nun im Wasser und Prustet.

" Man seid ihr bescheuert!"

Und lacht nun auch mit los. Aus sicherer Entfernung schaut Jenny zu, denn Kopf schüttelnd, die Hände in die Hüften und ruft uns irgendwas zu. Irritiert schauen wir zu ihr und Anton ruft zurück. " Was hast du gerufen."

" Hinter euch!"

Es braucht ein paar Sekunden, bis ich diese Worte verstanden habe und meinen Kopf nach hinten drehe. Am Waldrand steht ein Bär. Ein echter Bär! Nicht mal im Zoo kam ich so nah an einen ran. Ich drehe mich wieder zu Anton und Alice um die schon dabei sind Fersengeld zu geben und in meinem Kopf stellt sich mir gleich eine frage, bis ich begreife: Bär gleich gefährlich. Der Bär setzt sich in Bewegung, was ich daraufhin ihm nachmache, und los sprinte in die Richtung unserer Pferde, nur noch mit dem Gedanken, ich brauche mein Schwert. Ich höre das Laute tapsen des Bärs hinter mir und weiß es wird sehr knapp. Die Pferde vor mir versuchen sich loszureißen und Anton und Alice haben sie fast erreicht. Wo ist Jenny? Ich kann sie nicht sehen. Wo ist Sie denn hingelaufen? Ich renne weiter und sehe wie Alice ihren Bogen aus der Satteltasche zieht und Anton hinter einen Stein springt. Ich fange an zu keuchen, man meine Ausdauer ist echt für den Arsch. Noch etwa

fünf Meter,
bis zu meinem Pferd. Gott die längsten fünf
Meter meines Lebens.
Vier Meter,
mein Pferd wird unruhiger und
Anton ruft mir zu das der Bär mich gleich
eingeholt hat.
Drei Meter,
aus den Augenwinkeln sehe ich wie panisch Alice
versucht einen Pfeil in die Sehne Einzuspannen.
Doch der Pfeil will in der Hektik nicht so wie sie.
Zwei Meter,
gleich habe ich es geschafft, doch dann ein
Schmerze, der mir rote Farbe in die Augen
treibt, ein Schmerz in meinem Oberschenkel. Ein
brennen wie als hätte ich mich verbrannt, zieht
durch mein ganzes Bein, und lässt mich
straucheln.
Eineinhalb Meter,
das straucheln kann ich nicht mehr ausgleichen
und stürze nach vorne. Der Schmerz ist bald
unerträglich. Beim Fallen drehe ich mich auf den
Rücken, in voller Erwartung dem Bären in die
Augen zu sehen und da steht er, über mich
gebeugt da.

ein Meter,
Muskeln, die nur eins versprechen, das ist das
Ende. Er hebt die Pranke und ich weiß das jetzt
dieser Moment ist wiedermal mein letzter.
komisch noch vor ein paar Tagen bin ich vom
Hochhaus gesprungen und meinem Leben ein
Ende zu setzen und jetzt wo ich hier liege kann
ich nicht verstehen, warum ich genau jetzt Angst
davor habe. Doch..... Moment..... Hätte der Bär
nicht schon zuschlagen müssen? Langsam öffne
ich die Augen und ich sehe wie Jenny sich vor
dem Bären aufrichtet und die arme ausstreckt,
aber dann dämmere ich auch schon weg und
werde bewusstlos.

Langsam komme ich wieder zu mir und höre das
klacken der Hufe auf dem Weg, Ich höre
stimmen. Die Stimmen von Alice und von Jenny,
ich höre das Anton der Grade eine Stadt und ein
Wirtshaus erwähnt und ich höre..... Ich höre?
Moment!
Ich lebe ja noch! Ich muss Husten, was direkt
dafür sorgt das es um mich herum still wird. Ein
kleiner Ruck geht mir doch meinen Rücken und
lässt mich spüren das ich liege. Wo liege ich denn?
Ich versuche das was ich spüre einzuordnen und

fühle, Holz und Äste, sie sind unter mir, Schnüre oder Seile auf denen ich liege und die an diesen Ästen befestigt sind und da ist noch was Weiches Warmes!? Was ist das. Ich fange an meine anderen Sinne zu nutzen und öffne die Augen. Die Landschaft zieht an mir vorbei und ich sehe das ich auf diesem Holzgestell gezogen werde wie auf einer Trage. Das weiche, ich nehme es in die Hand und halte es vor mich. Sind das......Pferde Äpfel? Ruckartig lasse ich ihn fallen. Und Versuche meinen Kopf zu drehen. Rechts und links ist kaum was zu erkennen, aber als ich nach oben schaue sehe ich den Hintern von meinem Pferd.

" Hey Leute! Was ist los hier?" Von über mir kommt Jennys Stimme.

" Hey Alice und Anton er ist wach! Na süßer hast wohl den ganzen Tag verschlafen! Wir sollten eben anhalten."

" Was ist passiert?"

Als wir anhalten, versuche ich aufzustehen und gleich zieht ein starker Schmerz durch mein Bein. Achja der Bär!

" Seid ihr alle unverletzt?"

Anton steigt ab und springt zu mir.

" Hagen, wichtiger ist wie es dir geht?"

Er schaut auf meinen Verband, auf die Schiene und sein Blick scheint sehr zufrieden. Was er auch direkt verlauten lässt.

" Sieht sehr gut aus! Ich hoffe das es sich nicht entzündet. Der Bär hat dir sehr zugesetzt."

Mittlerweile sind auch schon Alice und Jenny um mich herum.

" Sagt Mal bitte, was ist passiert?"

" Also Jenny hat ihre Berufung gefunden. Sie ist eine Tierflüsterin! Du hättest sie Sehen sollen. Sie hat sich vor dem Bären aufgerichtet und hat auf ihn eingeredet, bis er gegangen ist. Es war so sagenhaft."

Es liegt so viel Stolz in der Stimme von Anton, dass man sich nicht wundern muss das Jenny knallrot anläuft. Aber sie kontert geschickt.

" Naja hör Mal! Du hast Hagen schließlich gerettet. Du, Hagen hast so viel Blut verloren, und er hat dich abgebunden, deine Wunde genäht und verbunden. Es hätte nicht viel gefehlt dann wärst du verblutet. Aber dafür haben wir ja Anton, oder?"

Es ist schön zusehen, dass wir alle langsam aber sicher, immer mehr zusammenwachsen und zu einer Familie werden. Aber an Alice Blick stimmt etwas nicht. Sie schaut gequält und irgendwie verletzt.

" Alice was ist los?"

" Du hättest sterben können, du Idiot!"

Ich weiß das sie das sagt, weil sie sich Sorgen gemacht hat, deswegen nehme ich es ihr nicht übel. Dann ohne Vorwarnung fällt sie mir um den Hals und weint los. Jenny und Anton tun es ihr gleich und so sitze ich nach Luft schnappend da, die anderen erdrücken mich förmlich.

" Leute, Leute! Ich bin ja da! So schnell bekommt mich nichts kaputt, aber wenn ihr so weiter drückt ersticke ich noch."

Dieser Satz zeigt Wirkung, weil Jenny und auch Alice, schlurzend loslassen und Zeitgleich Idiot sagen. Ich muss aber schon sagen das wir langsam zu einer kleinen Familie zusammen wachsen passt nicht so ganz, denn wir sind schon irgendwie Familie! Als ich Anstalten mache aufzustehen, bekomme ich erstmal von Anton eine verbraten.

" Hagen, Bleib liegen! Ich habe deine Wunde frisch genäht! Was denkst du was passiert, wenn die Naht aufreißt?"

" Dann werden mich Jenny und Alice töten?"

Okey der Witz komm wohl nicht gut an. Denn die Kopfnuss von Alice, die ich in diesem Moment bekomme ist mehr als verdient.

" Ahhhrrrg.... Danke Alice ich habe es verstanden!"

" Außerdem Hagen hast du schon den halben Tag verschlafen und weißt noch nicht, das wir bald im grünen Dorf sind."

Okey wieder was Neues das grüne Dorf. In meinen Gedanken stelle ich mir Grade so ein kleines Dorf vor, so wie man es aus Irischen Filmen kennt. Ein paar
Moos überwucherte Häuser, ein kleiner Pub und ein paar Kinder mit komischen Hüten, die Ball spielen. Ich habe früher immer wieder von so einem Dörfchen geträumt. Wir setzen die Reise fort. Aber angenehm ist anders. Ich liege auf dieser Holzkonstruktion wir auf einer trage die

nur auf einer Seite gehalten wird. Jeder Stein und jede Unebenheit lässt mich durch schütteln, was natürlich dafür sorgt das mein Bein höllisch weh tut. Hoffentlich kommen wir bald in dem grünen Dorf an. Das trampeln der Hufe direkt an meinem Kopf, lassen es nicht zu das ich irgendwie etwas der Gespräche zwischen den dreien mitbekomme. Aber auch umgekehrt bemerkbar machen bringt nichts. Ich versuche etwas zu schlafen was aber auch nicht leicht ist, denn sobald ich etwas wegdämmere, reißt mich der Schmerz wieder in die Gegenwart. Verdammter Bär! So reiten wir, beziehungsweise die drei und schleifen mich mit. Aber so habe ich nun Zeit über ein paar Dinge nachzudenken. Noch habe ich dem alten Mann seine Wünsche nicht erfüllt. Der gefallen..... Was er wohl für einen erbitten wird..... Das Gespräch naja ein Gespräch kann ja nicht schlimm sein. Aber am meisten macht mir das Leben retten Angst..... Woher weiß er das ich das auch tun werde? Dann denke ich ans Campieren. Jenny scheint echt wie ausgewechselt. Erst konnte sie kaum drei Meter laufen, ohne zu stürzen und dann springt sie vor einen Bären und rettet mir mein Leben. Ich sollte da auch Mal mit Anton drüber reden, wenn sich die Zeit ergibt. Aber jetzt wo wir unterwegs sind wird mir auch die Größe des Landes hier bewusst. Vier Tage sind wir schon unterwegs und noch immer keine Spur von Idra. Ich muss sagen ich habe mit ein paar Stunden Reisezeit gerechnet. Aber ändern kann ich es eh nicht, aufhalten? Ja, was durch mein Bein bereits wunderbar bewiesen ist. Dieser Bescheuerte Bär! So langsam steigt in mir die Wut, Auf mich selber, auf den Bären und da jetzt auf mich auch noch Pferdeäpfel regnen, auch noch auf alles! Als wir stehenbleiben lasse ich einen Wutschrei fallen, der sogar die Pferde scheuen lässt.

" Hey Hagen. Wir sind gleich da! Aber was ist denn los?"

Die Stimme von Alice tut Grade gut und die Nachricht das wir gleich ankommen, ist prima. Endlich kann ich mich bald wieder bewegen.

" Dann mal los, ich will runter."

Wenige Minuten später kommen wir in dem Dorf an. Es ist ganz anders wie ich es mir vorgestellt habe und warum es grünes Dorf heißt ist mir unbegreiflich. Rote

Backsteinhäuser die sehr modern wirken, kleine Brunnen an den Häusern es sieht ehr aus wie einen Ort wie Bergheim, bei Köln und nicht wie ein grünes Dorf. Immer wieder kommen Menschen an uns vorbei, die freundlich grüßen. Vor einem Haus auf dessen Türschild eine Schlange abgebildet ist bleiben wir stehen und Jenny springt rein und kommt mit vier Dorfbewohnern wieder heraus. Ein älterer Mann rennt direkt zu Anton und umarmt ihn direkt herzlich und die anderen drei kommen wortlos mit Jenny auf mich zu und tragen mich mit samt der Konstruktion ins Haus. Im Haus selber ist es sehr hell. In einer Art Behandlungsraum, hilft man mir von der Konstruktion auf einen Metallischen Tisch und Jenny nimmt meine Hand.

" Weißt du, Hagen..... Seit ich dich kenne, geht es mir besser. Ich falle nicht mehr und gefallen ist mir auch nichts mehr. Danke!"

" Ach Jenny! Das liegt doch nicht an mir! Das ist alles in deinem Kopf. Du bist einfach toll und das merkst du jetzt langsam selber."

Sie streichelt langsam meine Hand und lächelt mich weiter an.

" Doch! Du hast etwas verändert und ich weiß nicht warum! Ich fühle mich einfach sicher, egal was ich mache und dass was der Bär mir gesagt hat, bestärkt mich in dem was ich jetzt weiß, auch wenn er sagte er wollte nicht dich töten."

" Das nennt man Selbstvertrauen! Aber wie der Bär hat dir was gesagt?"

Noch bevor sie antworten kann werden wir unterbrochen, da die Tür auf geht und Anton mit dem Mann, den er eben begrüßt hat, eintritt.

" Hagen darf ich dir meinen Lehrer und Freund Wolfgang vorstellen? Er ist Arzt und will dich anschauen."

" Hallo Hagen, oder soll ich besser sagen, mein Herr?"

Ganz ohne Scheu kommt er auf mich zu, gibt mir die Hand, reißt mir die Hose komplett kaputt um einen Blick auf meine Wunde zu werfen und legt den Kopf schräg.

" Sehr gut, sehr gut! Der Schüler ist wohl zum Meister geworden."

Stolz steht Anton da. Man sieht es ihm mehr als nur an. Sogar Jenny fängt an zu schmunzeln.

" Ich schmiere euch etwas Salbe auf das Bein, dann könnt ihr morgen wieder laufen und heute Abend könnt ihr drei im Gasthaus übernachten."

Die Salbe wirkt sofort die schmerzen die ich habe sind sofort weg. Obwohl ich noch unsicher auf den Füßen bin, bin ich sehr beeindruckt von Wolfgangs können. Aber wieder selber langsam zu gehen ist schon eine Wohltat. Auf dem Weg ins Gasthaus bitte ich Anton drum etwas von der Salbe von Wolfgang zu erbitten. Sie ist sagenhaft. Kaum im Gasthaus kann ich es kaum erwarten wieder ins Bett zu kommen.

Ein unruhiger Schlaf kehrt bei mir ein. Ich stehe mit meinem Schwert in der Hand in einer Art Wolke und sehe den Bären wie er über mir steht, die Hand von Jenny hält und mit der Stimme von Anton dem Schlächter sagt:

"Jenny wird jetzt mir dienen!"

Panisch und schweißgebadet werde ich wach. Es ist mitten in der Nacht. Durch das Fenster funkeln vereinzelt Sterne ins Zimmer und das scharren einiger Mäuse in den Wänden, reißt mich wiedermal ins hier und jetzt. Was ein Schock der eiserne Geschmack von Blut und der leicht schmerzende und kratzende Hals zeigen mir das ich wohl geschrien habe. Aber das war auch nal ein Alptraum! Vorsichtig Taste ich nach meinem Bein, doch der Schmerz ist nun vollständig verschwunden. Diese Salbe ist schon ein Mega-Zeug! Ich sollte Mal nach Jenny sehen und zur Vorsicht auch Mal nach Anton und Alice. Was ich auch sofort in die Tat umsetze. Ich springe schnell in meine Klamotten und Späher in den durch Kerzen erhellten Gang nach draußen. Zu meinem Glück haben wir unsere Zimmer so bekommen das sie direkt neben einander liegen. Ich gehe hinaus und schaue durch die erste Tür. Alice liegt dort schlafend im Bett und kuschelt mit einem Kissen. Das sind so Momente an denen ich mir eine Kamera wünsche. Ich halte inne und schaue sie mir an, so friedlich und irgendwie beruhigend sie da so zu sehen, aber dennoch ich schaue weiter. Im Zimmer daneben ist Jenny. Sie liegt ebenfalls im Bett und hat wohl einen

Alptraum, denn sie zuckt immer wieder und murmelt was vor sich hin. Leise gehe ich auf sie zu und lege meine Hand auf ihre Stirn. Sie ist eiskalt und Schweißperlen laufen ihr über die Wange. Oje der Traum muss furchtbar sein. Ich setze mich auf ihre Bettkante und Decke sie zu. Wenigstens ist sie nicht entführt wurden. Sanft drücke ich ihr noch einen Kuss auf die Stirn und will mich Grade aus ihrem Zimmer stehlen, als ihre Stimme verschlafen ruft.

" Hagen, bitte bleib hier."

Ich drehe mich zu ihr um und sehe in ihr verschlafenes Gesicht.

" Was machst du eigentlich hier? Hast du mich vermisst?"

Ich blicke sie nun an und erzähle ihr von meinem Traum. Woraufhin sie sich erstmal aufsetzt und mir ihren Alptraum erzählt, der mit meinem fast identisch ist. Ich setze mich neben sie und lege meinen Arm um sie. Was sie dazu verleitet sich an mich zu kuscheln.

" Hagen, ich finde es schön, dass du dir so Sorgen um mich machst. Weißt du der Bär..... Er sagte er muss dich beseitigen du wärst eine

Gefahr für alle. Ich weiß auch nicht, warum ich mit Tieren sprechen kann, aber ich bin mir sicher, dass ich dich gerettet habe. Übrigens ich verstehe auch die Pferde und die Tiere hier im Ort."

Okey das verblüfft mich jetzt.

" Seit wann kannst du das denn?"

" Ich weiß es nicht! Ich dachte damals ich habe in der Mühle einmal mit der
Katze geredet aber das kann auch Einbildung sein."

" Okey. Weißt du wir sollten da morgen nochmal drüber reden meinst du nicht? Ich lass dich jetzt schlafen." Ich gebe ihr noch einen Kuss auf die Stirn und stehe von ihrem Bett auf.

" Du Hagen? Bitte, bitte bleib heute Nacht bei mir. Ja? Und Pass auf mich auf. "

Ich lächle sie an und Kuschel mich zu ihr ins Bett. Woraufhin sie sich sofort fest an mich kuschelt.

KAPITEL 10 -DER WIRT-

So wie wir einschliefen, wachten wir auch wieder auf. Zu meiner Verwunderung habe ich nicht gemerkt das ich in meinen Klamotten geschlafen habe, aber dementsprechend zerknautscht war ich dann auch. Jenny ist wie immer die Fröhlichkeit in Person und beim Anziehen erzählt sie munter vor sich hin was die Pferde erzählt haben und auch die Katze hier im Ort. Was ich aber sehr interessant finde.

" .... Die Katze sagte das der Nekromant in Moment in Land unterwegs ist. Er hat die Berge verlassen und sucht nach seiner Tochter und nach Verbündeten, weil er sich auf, wie die Katze sagt, die große Schlacht vorbereitet."

Dieser Satz erweckt Kopfzerbrechen. Wer mag wohl seine Tochter sein? Und was für eine Schlacht? Will er uns angreifen?

" Aber Jenny wo wir grade beim Thema Tiere sind. Du sagtest mir der Bär wollte mich nicht töten! Aber wen dann?"

" Das weiß ich auch nicht, aber du warst ihm wohl nur im Weg."

Noch mehr Fragen auf die ich keine Antwort weiß. Wollte er Jenny, Anton oder Alice töten? Aber warum was für einen Grund soll er haben?

" Das sollten wir mit den anderen beiden besprechen vielleicht haben die ja eine Idee!"

Als Jenny in ihren Klamotten steckt, gehen wir auch schon runter in den Gastraum. Gestern Abend war ich nicht in der Lage mich umzuschauen und vom Gefühl her bin ich es immer noch nicht. Denn es ist relativ dunkel, die Bleiglasfenster lassen kaum Licht hinein und der Gastraum selber ist sowohl mit dunklem Holz ausgekleidet, als auch die Tische und Bänke sind dunkel gehalten. An einem Tisch in der Ecke sitzt bereits Anton, der uns zu sich hin winkt und dabei einen Krug schwenkt. Wir gehen auf ihn zu und setzen uns zu ihm. Jenny spricht ihn mit einer Frage an die mir auch auf den Lippen liegt.

" Wo ist Alice?"

" Sie musste auf Klo, aber sie wird gleich zurück sein."

Wie aufs Stichwort kommt sie auch schon durch eine Seiten Tür und eilt zu unserem Tisch.

" Guten Morgen ihr zwei! Na wie habt ihr geschlafen?"

Zum Glück ist es hier so dunkel, dass sie mein Gesicht was jetzt puterrot, wird nicht erkennen kann. Aber Jenny antwortet für uns was zwei irritierte Blicke auf uns fallen lässt die jeder Nachfrage trotzten.

" Wir haben sehr gut geschlafen, danke

der Nachfrage und ihr?"

Bevor eine unangenehme Frage kommt

antworte ich vorsorglich.

" Jenny hatte Alpträume da habe ich auf sie aufgepasst."

Warum auch immer, Alice atmet erleichtert aus, wodurch, Jenny sofort begreift und dazu kein Wort mehr sagt.

" So Leute, Jenny hat etwas beunruhigendes erfahren."

" Die Katze hat gesagt, der Nekromant sucht seine Tochter und er plant eine große Schlacht, achja und der Bär meinte er wollte nicht Hagen töten, sondern jemand anderes. Habt ihr eine Ahnung was das bedeuten kann?"

Anton legt überlegend das Gesicht in Falten und Alice überlegt kurz und frag dann,

" Was für eine Schlacht und gegen wen? Hat sie irgendwas gesagt was oder auf wen es schließen lässt?"

" Nein das war alles! Aber die Tiere haben auch Angst."

Anton immer noch in Gedanken versunken fragt nun,

" Jenny meinst du, du bekommst noch mehr Informationen? Wer die Tochter ist und wichtiger welche Schlacht, welcher Krieg uns bevorsteht?"

" Vielleicht, meint ihr denn wir sind gemeint?"

" Naja du kannst mit Tieren reden. Weder Alice, noch Hagen, noch ich können irgendwas

Magisches also könntest du ja seine Tochter sein, oder?"

" Ich wüsste ja wohl, wenn ich seine Tochter wäre oder?"

" Okey da ist was Wahres dran."

" Alice, was denkst du?"

" Die Tochter interessiert mich wenig, sie kann jeder sein aber die Schlacht. Wann? wo? und wer? Und mit welchem Heer?"

Das Gespräch dreht sich wohl im Kreis. Daher stehe ich erstmal auf und gehe zum Tresen um Frühstück zu bestellen. Der Wirt ist freundlich und nach dem er zwei Silbermünzen bekommt, auch voller Elan. Es dauert nur ein paar Minuten, da setzt er uns einen dampfenden Laib Brot, einen Bottich Butter, einen halben Leib Käse und ein großes Stück getrockneten Schinken vor. Okey das heißt entweder ich habe ihm viel zu viel gezahlt, oder er bekommt selten Geld.

" Danke sehr, können wir auch noch was zu trinken bekommen?"

" Für so edel Herren und Damen natürlich! Darf es mein bester Wein sein?"

Ich überlege kurz, morgens schon Wein? Aber die Antwort nimmt mir Anton ab.

" Können wir Milch oder Saft bekommen? Für Wein ist es noch ein bisschen früh."

" Sehr gerne."

Und er eilt davon. Keiner musste uns bitten zuzuschlagen! Es war so köstlich. Der Wirt muss uns echt das bester aus der Küche geholt haben. Er brachte uns noch eine Kanne Warme frische Milch und einen großen Krug voll Saft. Der Geschmack ist mir neu.

" Was für ein Saft ist das?"

kommt schmatzend von Alice,

" Das ist eine Art Birne die nur hier wächst!"

" Sag mal Hagen wie viel Gold hast du ihm gegeben?"

Also nicht nur mir ist aufgefallen das er uns hier bewirtet wie Könige.

" Ich gab ihm zwei Silbermünzen, aber ich dachte schon es sei Zuviel?"

Wie aufs Stichwort kommt der Wirt rüber und Anton fragt einfach mal dreist.

" Mein Herr, das Essen muss doch ein Vermögen kosten und ihr habt nur zwei Silbermünzen genommen. Wie kommt das?"

Er lacht los.

" Das ist doch ganz einfach. Der Fürst unser Landesfürst ist bei mir in meiner Kneipe! Und bestellt mein essen! Ich werde da noch in 200 Jahren von erzählen können."

Ich greife in die Tasche und ziehe eine Goldmünze raus und gebe sie dem ungläubigen Wirt.

" Verdient ist verdient! Wenn wir schon dein bestes essen bekommen verdienst du den besten Lohn!" Dankbar und sprachlos, verneigt er sich und zieht sich zurück.

" Soooo nun zu euch! Alice und Jenny ich gebe euch gleich ein paar Münzen und ihr könnt euch hier im Ort was kaufen und Anton wir beide reden gleich mal mit einander ich habe ein paar Fragen an dich."

Kaum sind die Münzen verteilt, rennen zwei quietschende Frauen aus dem Wirtshaus.

" So Hagen, was bedrückt dich?"

147

" Ich mache mir wegen all den Informationen sorgen!"

Ich erzähle ihn daraufhin von meinem Traum über Jenny.

" Mach dir Mal keine Sorgen es ist nur ein Traum. Aber es ist schon beunruhigend. Wir müssen eben so schnell wie möglich nach Idra, ist meine Meinung. Ich glaube die Schlacht die bevorstehen soll, betrifft uns alle!"

" Wie meinst du das?"

" Es macht nur Sinn, wenn der Nekromant es auf die Herrschaft über das ganze Land abgesehen hat und da stehen wir in seinem Weg."

Ich überlege kurz, aber er hat wohl Recht. Das ist das Einzige was wirklich Sinn macht. Aber alle diese Gedanken sind einfach nur Vermutungen, denn wir wissen noch so vieles nicht, aber Recht hat er! Wir müssen Vorsorge treffen und das geht am besten in Idra.

" Wir machen das jetzt ganz einfach! Ich gebe dir jetzt auch 2 Silbermünzen und dann kaufst du dir jetzt auch was für dich und ich mache die Pferde fertig!"

Dieses Angebot nimmt Anton gerne an und wir verlassen zusammen, unter viel, danke meine Herren und schaut bei mir wieder rein, die Wirtschaft und wir gehen unsere Wege. Der Stall liegt direkt am Haus, was mir sehr bei der Suche hilft. Ein Stallbursche nimmt mir allerdings schon einen Großteil der Arbeit ab. Unsere drei Pferde sind bereits gesattelt und unsere Sachen sind schon, zwar an den falschen Pferden, aber verteilt. Durch meine Nachfrage erfahre ich das Alice ihn schon darum gebeten hat. Ich bitte ihn zu gehen und bedanke mich für die Hilfe. Er verschwindet auch sofort und ich bin alleine. Neben unseren Pferden steht noch ein Schimmel im Stall der aufgeregt mit den Hufen scharrt. Dieser wird Jenny bestimmt gefallen. Wir sollten schauen ob man ihn kaufen kann. Ganz in Gedanken versunken tätschle ich seine Seite und fange an auf das Pferd einzureden. So dass ich gar nicht bemerke das Alice bereits hinter mir steht und die abstruse Situation beobachtet.

" Na Hagen verliebt?"

erschrocken und ertappt drehe ich mich um.

" Ach du bist es Alice und Ja irgendwie schon.
Das Pferd könnte doch das richtige sein für
Jenny! Meinst du nicht?"

" Schon und sie wird bald ein eigenes Pferd
brauchen! Aber wir sind auch gar nicht mehr so
weit von Idra entfernt. Vielleicht sollten wir ihr
eines da besorgen?"

" Ein zusätzliches Pferd kann hilfreich sein,
denke ich, wir können unser Gepäck besser
verteilen und Jenny hat endlich was Eigenes was
nur ihr gehört."

Quietschend steht Jenny in der Tür, sie hat
unser Gespräch belauscht und rennt nun im
Sprint auf mich zu, wirft ihre Arme um mich und
küsst mich während wir zu Boden fallen. In dem
Moment als wir auf dem Boden ankommen hält
sie inne und schaut zum Pferd.

" Hallo Artist, das sind Hagen und Alice, ich bin
Jenny..... Was wer macht sowas?.... Das ist nicht
dein Ernst oder?..... Nein würden wir niemals
machen!"

Verdutzt über die Gesamtsituation schaue ich
Alice an, der es ebenso geht.

" Hey Alice, worüber die beiden wohl reden?"

Diese Frage lässt nun Jenny zusammenzucken.

" Oh endschuldigt bitte! Ich habe vergessen, dass ihr meine Freunde die Tiere nicht versteht. Also das ist Artist und Artist wird immer wieder geschlagen. Sein Besitzer ist ein übler Kerl und ich habe ihm gesagt das wir sowas nicht machen!"

Ich habe nur das Gefühl das Alice irgendwie sauer ist. Ich verstehe nur nicht wieso genau. War es der Kuss? Das Reinplätzen in den Stall oder ist da noch etwas anderes?

" Jenny, wer ist denn sein Besitzer?"

" Er sagt sein Besitzer ist ein Mann mit dem Namen Korbas, aber ich höre den Namen jetzt zum ersten Mal."

" Ich werde ihn schon finden, versprochen!"

Mein erster Weg führt mich in das Gasthaus zurück, wo der Wirt mich direkt begrüßt.

" Mein Freund sag mir bitte wer ist Korbas?"

Sein Gesicht nimmt gleich eine andere Farbe an.

" Korbas der Schmierlappen? Er ist ein Halsabschneider mit einer

Schlangenzunge. Er wohnt gegen über in diesem Haus! Wenn man diese Bruchbude Haus nennen kann."

Okey das heißt wohl, ich sage ihm mal guten Tag. Ich gehe direkt aus dem Wirtshaus und ab auf die andere Seite der gepflasterten Straße. Der Wirt hat recht, das war mehr Ruine als Haus. Bei meinem Anklopfen bricht ein kleines Stück Tür ab und ein Mann mit maulwurfartigen aussehen und einer extrem kratzigen Stimme reißt die Tür auf.

" Was! ich habe zutun! Also was wollen sie?"

" Ihr Pferd!"

Sage ich nun in einem festen und Befehlenden Ton. Sein Blick wird darauf wütend.

" Was fällt dir ein so mit mir zu reden, weißt du etwa nicht wer ich bin? und wenn hier einer was verlangt dann bin ich das."

Nach diesen Worten knallt er die Tür zu und Staub des Hauses regnet auf mich herab. Ich gehe wieder mit einer Idee im Hinterkopf, in den Stall zurück, in dem Jenny und Alice sich jetzt unterhalten und gespannt in meine Richtung blicken.

" Und hast du ihn gefunden?"

Wow. Wie abgesprochen kam diese Frage, gleichzeitig aus den Mündern der beiden Damen.

" Ja schon, aber er ist ein Arschloch! Aber Alice mal eine Frage als Fürst bin ich doch sowas wie der König oder?"

" Sowas wie ist gut! Du bist der König jedenfalls wenn wir in Idra irgendwann mal ankommen. Aber wieso?"

" Ich weiß ja nicht in den Büchern die ich früher gelesen habe kann ein König sich nehmen was er will, ist das hier auch so?"

" Ich weiß was du meinst und Glückwunsch Jenny zu deinem neuen Pferd!"

Diese überglückliche lächeln in ihrem Gesicht ist der Wahnsinn. Ich glaube Jenny hat so viel Glück noch nie gehabt in ihrem Leben. Doch das Glück ist nicht von langer Dauer, weil eine kratzige Stimme im Türrahmen steht und losbrüllt.

" Schlampe geh weg von meinem Pferd! So ein Bauertrampel wie du, wagt es mein Pferd anzufassen?"

Korbas stampft mit großen Schritten auf Jenny zu.

" Sag Mal Mädchen hörst du schlecht? Lass sofort mein Pferd los sonst...."

Mehr kann er nicht sagen, da ich mich genau in seinen Weg Stelle.

" Mach Platz du Wurm! Ich will zu meinem Pferd."

Doch ich bleibe schweigend vor ihm stehen. Ich weiß das ich aufpassen muss wegen meinem verletzten Bein, doch Jenny Schlampe zu nennen geht definitiv zu weit.

" Muss ich dir jetzt eine verpassen, dass du Platz machst?"

So bei mir ist nun der Punkt erreicht das ich anfange meine Fäuste zu Ballen. Die Wut in mir ist ungeahnt groß. Dann knallt es und Korbas Schmerzensschrei sorgen bei mir für einen kleinen Schock. Ich habe Alice ganz vergessen, die wohl verdeckt im Schatten ihres Pferdes gestanden hat und jetzt, nach seiner Drohung, ausholte und ihm mit geballter

Faust ins Gesicht schlägt. Er geht zu Boden und musste erstmal ausspucken. Sabber und Blut laufen über sein Kinn und diese Wut in ihm, ist jetzt gerade nahezu grenzenlos.

" Das werdet ihr bereuen! DAS WERDET IHR ALLE NOCH BEREUEN!!!!"

Seine Schreie, als er aus dem Stall ging, um die Menschen des Dorfes zu mobilisieren waren bald genauso laut wie der Schlag von Alice. Apropo Alice.

" Ist bei dir alles in Ordnung? Das war ja ein heftiger Schlag?"

Alice grinste über beide Ohren und zeigt mir ein Hufeisen was sie in der Hand hält. Ich kann mir mein Lachen auch nicht verkneifen. Es dauert nicht lange bis Tumult vor der Tür zu hören ist. Langsam gehe ich zur Stall Tür und öffne sie. Vor der Tür stehen 30 Dorfbewohner hinter einem Mann der uns jetzt sehr bekannt ist.

" Das sind sie! Das sind die Pferde Diebe!!!"

Sein lauter Brüller war weithin über die Straße zu hören. In der Tür des Wirtshauses steht schelmisch grinsend der Wirt und neben ihm

Anton der etwas ungläubig zu mir herüberschaut. Keifend macht er drei Schritte auf mich zu.

" Diese Pferde Diebe müssen bestraft werden!!! Sie sollen für diese Tat hängen!"

" Moment! Korbas du Giftzwerg! Die haben alles Recht sich dein Pferd zu nehmen! Und du stachelst hier die Leute auf um deinen Kopf rollen zusehen ist dir das nicht klar? Hier wissen alle was du für ein Dummkopf bist, aber musst du es damit beweisen, dass man dir den Kopf abschlägt?"

Der Wirt der nun in Rage zur Menge spricht und insgeheim. Korbas an den Pranger stellt, ist schon sehenswert. Wenn Anton ihm nicht die Hand auf die Schulte legt und ihm jetzt sagt das er seinen Mund halten soll, weil er die Show auch sehen will, mach ich das.

" Lass ihn ruhig weiterreden."

Rufe ich dem Wirt zu und bekomme Grade noch mit wie das Großmaul einen Stein vom Boden aufhebt und ihn knapp an meinem Kopf vorbei wirft.

" Alice? Jenny? Bringt mir mein Schwert."

Was zu viel ist, ist eben irgendwann zu viel. Ich greife nach vorne schauend hinter die Tür und packe mein Schwert und ziehe es sichtbar für alle aus der Scheide und mache zwei Schritte jetzt meinerseits auf ihn zu.

" Sehr ihr er ist ein Mörder! Er will mein Pferd stehlen und erhebt jetzt auch noch sein Schwert gegen mich!"

" Hey Wirt, hat dieses Dorf einen Kerker? oder einen Pranger?"

Ich erhielt von ihm ein kurzes ja wir haben einen Pranger am Brunnen. Okey das reicht.

" Wertes Volk ihr habt gesehen er hat einen Stein nach mir geworfen! Er bezichtigt mich des Diebstahls MEINES Pferdes! Ihr habt gesehen wie er mich beleidigt hat. Nehmt ihn fest und stellt ihn 50tage bei Wasser und Brot an den Pranger!"

" Welches Recht räumst du dir ein über mich zu urteilen?"

Der Hass in dieser Frage ist mehr als spürbar, aber mit dieser Frage habe ich gewonnen.

"Ich! Ich bin Hagen Fürst von Idra! Ich bin der König dieses Landes und wer daran zweifelt kann sich gerne überzeugen."

Wie aufs Stichwort kommt Jenny aus der Scheune getreten und zeigt das Pergament was mich als Fürsten ausweißt vor. Sofort packt der Wirt, Korbas am Kragen und reißt ihn zu Boden. Was aber ein Fehler ist. Denn Korbas zieht ein kleines Messer aus der Tasche und schneidet mit einem schnitt dem Wirt die Halsschlagader auf, so dass das Blut nur so spritzt. Der Aufschrei der Menge ist in diesem Moment so groß das kaum einer bemerkt das mein Schwert hernieder saust und Korbas von seinem Kopf befreit. Ein Entsetzen geht durch die Menge es hat in diesem Dorf noch nie einen Mord gegeben und dass der Täter auch gleich vom König selber gerichtet wird auch nicht.
Allerdings wenn ich in die Gesichter des ein oder anderen schaue sehe ich Zufriedenheit. Anton und Jenny sind beim Wirt. Sein lebloser Körper, der trotz der schweren Halswunde am Boden liegt sieht friedlich aus. Wer weiß was ihn nun erwartet.

" Liebes Volk, ihr habt Grade eine
Tragödie sondergleichen erlebt. Dafür
endschuldige ich mich zutiefst."   Und
kniee vor ihnen nieder.

" Verzeiht bitte dieses Chaos."

Ich fange an zu weinen. Als ich den netten Mann
so da liegen sehe. Nur verblüfft mich die

Menschen Menge jeder geht auf ihn zu küsst
Zeigefinger und Mittelfinger der rechten Hand,
und drückt sie ihm nacheinander auf die Stirn.
Was ein Zeichen des Respekts. Um ihnen nicht
nach zustehen mache ich diese Geste nach und
bemerke nach und nach wie die Menge anfängt
das Lied der wilden Jagt zu singen. Eine junge
Frau bleibt weinend vor ihm stehen und legt ihm
ein grünes Blatt in seinen Mund und küsst ihm
auf die Stirn. Ich stehe direkt neben ihr und
meine Trauer ist unbeschreiblich und dazu noch
dieser Respekt des gesamten Dorfs. Als das Lied
verstummt, gibt jeder der Jungenfrau noch Mal
die Hand. Ich glaube bei all den Gesten es muss
seine Frau gewesen sein. Daher gehe ich nun auf
sie zu und gebe ihr eine Goldmünze.

" Bitte! Gebt ihm das Begräbnis was er verdient."

KAPITEL 11 -ANKUNFT-

Noch bevor alle den Platz verlassen haben sitzen
wir schon auf unseren Pferden und reiten aus
dem Dorf. Alice schmatzt an ihren süßen
Leckereien rum und Jenny redet fast ohne
Unterlass mit Artist. Es muss schön sein mit
Tieren zusprechen. Ich selber reite neben Anton
her und wir grübeln ein bisschen über die
Vorkommnisse der letzten Tage.

" Anton ist es immer so gefährlich hier?"

" Äm nein! Und das beunruhigt mich sehr. Ich
wollte nichts sagen, aber der Troll zum Beispiel
lebt eigentlich in den Bergen. Gut.... Der Vorfall
im grünen Dorf war schon etwas was immer mal
wieder so ähnlich passiert. Aber seitdem Bären
Angriff bin ich beunruhigt."

" Verstehe ich gut. Ich mache mir mittlerweile
über so viele Sachen Gedanken."

" Übrigens wir dürften heute Abend oder Morgenfrüh in Idra ankommen. Wir sollten also versuchen wenige Pausen zu machen, um nicht wieder irgendwo hinein zu stolpern."

" Sag Mal hast du schonmal davon gehört das jemand mit Tieren reden kann?"

" Naja Jain.... manche Menschen bekommen magische Begabungen. Sie kann mit Tieren reden zum Beispiel, mein alter Lehrer kann Salben herstellen die in ein paar Tagen Wunden heilen, die eigentlich Wochen zum Heilen brauchen. der Nekromant, hat mehrere Fähigkeiten und wenn du es nicht gemerkt hast der Wirt konnte aus dem Nichts essen hervorbringen. Ich war vor unserer Abreise in seiner Küche doch sie war leer. Naja Schränke und Tische waren da auch Messer. Aber weder ein Ofen zum Brot backen, noch irgendwelche Zutaten."

" Okey, aber ich dachte es gibt hier keine Magier?"

" Gibt es auch nicht. Aber manche haben, sagen wir es so, Inselbegabungen."

Damit scheint auch für ihn das Thema anstrengend oder ich ihm zu gesprächig denn er setzt sich etwas von uns ab und reitet alleine, Unruhe weiter. Vor uns wird in der Ferne eine kleine Stadt sichtbar die von Mauern eingeschlossen ist. Niemand muss mir sagen wie sie heißt, denn sie strahlt so viel Eleganz aus es muss Idra sein. Aber die Entfernung ist noch riesig, aber die Straße auf der wir nun reiten, führt direkt auf sie zu. Der Anblick ist einfach sagenhaft. Langsam traben wir weiter in Richtung Stadt und es wird immer mehr Wegstrecke sichtbar. Hinter einer kleinen Kuppe kommt ein Wäldchen zum Vorschein, was sich wie eine Grenze über viele Kilometer erstreckt und was hier für ein Trubel herrscht, Händler geben sich die Klinke in die Hand. Überall am Wegesrand sind Gespräche zuhören. Ab und an muss Jenny lachen, weil sie die Gespräche der Tiere Mit hört. Doch ein Hund weckt ihr Interesse.

" Leute, hört Mal! Der Hund sagt, dass hier Wölfe leben die jemanden suchen.
Meint ihr sie suchen die Tochter des Nekromanten?"

Alleine die Aussage von Jenny >> der Nekromant << lässt einige, der Händler und Bauern, erstarren. Anton reitet sofort rüber zu ihr und er nimmt sie sich zur Brust.

" Jenny wir müssen vorsichtig sein. Also sprich mit uns, wenn leise."

Wie zu erwarten ist Jenny beleidigt still. Daher reiten wir schweigend weiter, bis wir den Waldrand erreichen. Dieser kleine streifen grün entpuppt sich aber als Dichter, alter Forst.

" Das ist der Schutz Wald. Dieser Wald wurde gepflanzt um die Natur und die Tiere zu schützen. Hier in der Umgebung wurden fast täglich Tiere gejagt und das ist im Wald verboten. Du wirst ja auch gemerkt haben das es hier sehr viele Felder gibt."

Anton spricht darüber mit Jenny und ich lausche beherzt mit.

" Wer will da auch jagen, so dunkel wie es ist?"

" Wilderer gibt es immer aber dafür ist in diesem Wald die Jagt Aufsicht da! Und die bestrafen sehr, sehr hart und das kann man Hagens Vorgänger verdanken!"

." Was ist mit ihm Passiert?"

Frage ich nun.

." Er galt viele Jahre als der mutigste Mensch dieser Welt. Das wollte er beweisen und zog mit zehn der besten Soldaten aus diesem Land, in die schwarzen Landen und wie ihr ja schon wisst niemand kam lebend zurück."

Er war wohl nicht der klügste. Das hat er gekonnt bewiesen. Wir stehen nun vor diesem Wald und er wirkt echt bedrückend. Aber auf eine Frage brauche ich definitiv eine Antwort!

" Sag Mal Anton, ist der magische Schutz im Wald ein Märchen oder ist der belegt?"

" Naja das weiß keiner so genau, aber eines ist klar, alleine die Hoffnung das es wahr ist hilft diesen Wald zu durchqueren."

" Der Glaube versetzt Berge. So mansche Sachen aus der Bibel sind eben hängen geblieben."

Wir lachen los. Aber mit Alice scheint etwas nicht zu stimmen. Sie hält sich immer noch abseits von uns was mir irgendwie wehtut. Ich gebe meinem Pferd die Sporen und reite direkt an Alice heran.

" Hey Alice was bedrückt dich."

" Ich sehe euch mit Jenny und fühle mich ausgeschlossen. Ihr redet so viel mit einander und wenn ich dabei bin fühle ich mich immer etwas abseits."

" Ach Alice, du kennst die Geschichten und das Land. Ich und Jenny wir haben viele

Geschichten nie gehört und lauschen deswegen extrem auf die Geschichten von Anton."

" Hagen! aber Jenny redet mit Tieren und ich kann nichts. Sie ist mehr Hilfe als ich es bin."

" Du hast mir das Leben gerettet bei dem Troll! Eine größere Hilfe kann man nicht sein. Du hast mir hier viel beigebracht und ohne dich wären wir definitiv nicht hier!"

Alice bekommt bei den Worten ein funkeln in den Augen oder sind es kleine Tränen?

" Was ist denn jetzt los Alice?"

" Danke Hagen! Danke dir. Aber jetzt sehen wir zu das wir dich auf deinen Thron bringen."

Alice dreht den Kopf und brüllt,

" Wer als letztes durch den Wald ist, der zahlt in der schenke das Bier."

Und reitet in vollem Galopp in den Wald hinein. Leicht Geflasht schaue ich ihr hinterher und bemerke das Anton und Jenny ebenfalls johlend an mir vorbei zischen, wodurch ich hinterher brettere, als wäre wieder ein Bär hinter uns her. Es dauert nur 30 Sekunden bis ich Anton fast eingeholt habe und dann kracht es. Millionen von roten Sternen in meinem Kopf und ein Schmerz an meinem Hintern. Anscheinend habe ich das Glück gepachtet. Denn ein Ast der auf den Weg ragt hat mich voll am Kopf getroffen und mich im hohen Bogen von Pferd geworfen.

" Autsch!"

 Ich muss lachen, worauf hin sich Atlas umdreht und seine Nüstern in mein Gesicht drückt. Sanft tätschle ich ihn.

" Ach Atlas ich bin ein Idiot was."

Und lache weiter. Ich Rappel mich auf und schwinge mich wieder aufs Pferd.

" Jetzt traben wir lieber zu den anderen."

Es dauert auch nicht lange bis ich Anton, Alice und Jenny erreiche. Sie warten am Ende der Straße und schauen zu mir rüber. Plötzlich fängt Jenny an zu lachen. Sie lacht so extrem, dass sie vom Pferd fällt und sich nicht mehr ein bekommt. Verdutzt schauen Anton und Alice zu ihr auf den Boden und ich selber wundere mich über diese Reaktion. Ich habe damit gerechnet, dass man sich Sorgen macht wo ich bleibe, aber mit einem Lachanfall? Nein damit rechnet ja wohl keiner. Ich komme ihnen näher und Jenny lacht noch viel heftiger.

" Hagen ist vom Pferd geflogen! Er raste auf einen Ast zu und flog im Hohen Bogen aus dem Sattel. Atlas sagt er hätte dagesessen, als wenn sein Arsch juckt."

Auch Anton und Alice schmunzeln jetzt, aber so einen Lachanfall wie der von Jenny ist wohl nur auf ihren Charakter bezogen.

" Lach nicht so und ab auf dein Pferd."

Ich lache jetzt mit ihr und Alice sowie Anton tun es uns gleich.

" Wir sollten zusehen das wir langsam in die Stadt kommen! Schließlich schuldet Hagen uns ein Bier!" Ich dachte erst Alice will das wir es schnell in die Stadt schaffen, um den Haufen Rätzel zu lösen, aber die Aussicht auf ein schönes Bier und eine Mahlzeit klingt auch für mich verlockender, als ein Thron.

" Na dann auf! Ich lade euch wie versprochen ein."

Aber ich werde das Gefühl nicht los das Alice doch irgendwas mehr bedrückt, als nur der Kontakt von Anton mir und Jenny. Denn auch jetzt, während wir gemeinsam die letzten Kilometer zur Stadt zurücklegen ist sie sehr in sich gekehrt. Das Stadttor Ragt vor uns auf und alleine dieses wirkt wie eine Burg. Vor dem Tor werden Karren stichprobenartig von Soldaten in Rüstung und blauen umhängen kontrolliert. Allerdings scheint es dem einen oder anderen Händler nicht zu passen. Ich werde stutzig als ein Dicker Wächter in einem kleinen Wachhaus Münzen zählt.

" Anton muss man hier Weg Zoll zahlen, wenn man die Stadt betritt?"

" Nein Hagen! Jedes Dorf und jede Stadt in Idra stehen unter der Kontrolle des Königs."

Aha, wieder etwas worum ich mich kümmern muss, Aber um mich jetzt damit zu befassen ist die falsche Zeit. Doch leider hat man es den Wachen nicht gesagt.

" Hey ihr da!"

Ein schmächtiger man eben falls in der Wächter Uniform tritt auf uns zu.

" Absteigen sofort, und leert eure Taschen!" Meine Erwiderung folgt sogleich.

" Das kannst du sowas von vergessen! Seit wann gibt es hier eine Zoll Kontrolle?"

" Der König will das so absteigen Sofort!"

Ich springe vom Pferd und ziehe mein Schwert, mir nacheifernd zieht Jenny ihr Messer und Alice ihren Bogen.

" Was soll ich befohlen haben? Ich habe euch Idioten bestimmt nicht befohlen die armen

Menschen hier auszurauben! Dafür müsste ich deinen Kopf rollen lassen!"

" Ihr mir befohlen?"

Er spuckt auf den Boden und entblößt lächelnd seine stumpfen die Mal Zähne wahren!

" Ein Wischt wie ihr kann mir so oder so keine Befehle erteilen!"

" Ich was?"

So langsam macht dieser Kerl mich wütend und ich beschließe ihn etwas auf die Palme zu bringen um ihn eine Lektion zu erteilen. Ich hebe einen Stein auf. Boden auf und werfe ihn diese mit Karacho an die Stirn. Tja hätte er nur einen Helm aufgehabt. " Na warte! Eddi, Boss und Quwen dieser Mistkerl wirft mit Steinen!" Der Dicke Wachmann und zwei seiner Kameraden springen auf.

" Hey Rio wirst du mir der Halben Portion nicht fertig?"

" Doch aber er braucht eine Lektion."

Ich schaue mich kurz um sehe einen massiven Ast auf einem Karren liegen, der ganz gut als Schlagstock durchgegangen wäre. Ich stecke mein Schwert wieder weg und nehme den Stock.

" Ihr wollt eine Lektion die könnt ihr haben!"

Der Soldat den sie Rio nennen, winkt seine Leute zurück. Wie man merkt er schafft es alleine!

Innerlich muss ich lachen, wenn er wüsste wer ich bin! Ich schaue den fetten Soldaten an.

" Hey was für eine Strafe gibt es, wenn ich ihm die Zähne ausschlage?"

" Kerker du Wicht bei Wasser und Brot!"

" Und wenn man den König schlägt?"

" Hahaha...... Wenn du denkst du kannst den König schlagen, erwartet dich der Tod!"

" Sehr gut."

Irgendwie wirkt Rio jetzt leicht eingeschüchtert. Ich mache direkt einen Schritt auf ihn zu und schwinge meine Keule. Rio zieht ebenfalls eine Stange aus Eisen und kommt nun in meine Richtung als er etwa einen Meter vor mir ist ziehe ich den Knüppel durch und treffe ihn voll am Kinn und er geht bewusstlos zu Boden. Seine Kameraden ihn auslachend schauen trotzdem in meine Richtung.

" Du weißt schon das du dir jetzt Kerker eingehandelt hast? Du Idiot!"

Grinsend nehme ich die Schriftrolle aus der Tasche die mich eindeutig als König ausweißt und zeige sie hoch in die Luft haltend allen vor Ort.

" Ich bin Fürst Hagen von Idra! Ihr seid alle meine Zeugen!!! Diese drei Männer haben mich beleidigt! Diese Drei Männer haben mich angegriffen und dieser Mann,"

Ich zeige mit dem Stock auf den blutenden, bewusstlosen Soldaten,

" Hat es gewagt eine Waffe gegen mich zu ziehen! Ruft mir die Stadtwache und legt sie in Ketten! Ich werde später ein Urteil über sie fällen! Aber jetzt gehören sie erstmal in den Kerker!"

Nach meinen Worten Rennen nicht nur ein oder zwei Händler in die Stadt und 10 weitere Gardisten kommen aus der Stadt und darunter ist ein muskulöser, mit einer Roten Feder am Helm der anfängt Befehle zu erteilen und dann direkt auf mich zu geht.

" Seid ihr Hagen unser neuer König?"

Ich zeige ihm das Schreiben und er kniet direkt nieder!

" Mein Herr ich kümmere mich um diese Burschen! Und will kommen Zuhause."

Er flüstert etwas zu einem Soldaten der kurz salutiert und in die Stadt rennt.

" Ich werde euch sofort eskortieren und euch eure Stadt zeigen! Mein Name ist Hauptmann Siegfried und ja ich erkenne die Ironie."

" Hauptmann nett euch kennenzulernen! Das sind Jenny, Alice und Anton meine Gefährten!"

Etwas irritiert schaut er Alice an, die ihren Kopf wegdrehte so dass er nicht ihr Gesicht sehen kann.

" Alice? Oder nicht etwa Alice die Jägerin?"

Sie selber antwortet nicht auf diese Frage. Was für sie etwas seltsam ist.

" Alice? Meint er dich damit?"

" Ja! Ich bin Alice die Jägerin."

Dann geht alles schnell vier Soldaten nehmen Alice in die Zange, einer nimmt sofort ihr den Bogen aus der Hand und die anderen halten ihr die Schwerter entgegen.

" Hauptmann was ist los!"

" Alice die Jägerin ist eine der meistgesuchten Frauen von Idra! Sie ist eine Kopfgeldjägerin und hat mehr als sechszehn Personen gefangen, getötet und verstümmelt. Sie können wir hier nicht frei rumlaufen lassen."

" Alice stimmt das?"

Au man ich Wette Anton und Jenny wollen Grade Popcorn.

" Ja Hagen, das stimmt! Aber das ist jetzt 100 Jahre her, ich musste überleben und meinen Job den ich bekommen habe ist nur mal Jägerin. Und in der Stadt und im Wald ist das Jagen verboten und ich wäre fast verhungert, wenn ich nicht das Angebot bekommen hätte."

Ein weiterer Soldat bringt schwere Ketten, um Alice sie anzulegen.

" Hauptmann! Sie hat mir die Treue geschworen und diese Ketten sind definitiv nicht nötig. Außerdem habe ich eine Idee, wenn sie so gut ist, wie ich hier immer wieder höre, wäre es doch von Vorteil für uns alle, wenn sie als Polizistin agiert und auch die Soldaten kontrolliert. Wenn ich mir auch die Zustände hier am Tor anschaue."

Er überlegt kurz und ich weiß ich habe gewonnen!
Er ist ein Mann von Logik und diese Logik ist halt
nicht von der Hand zu weisen. Er nickt kurz den
Soldaten zu. Und sie ziehen sich zurück.

" Alice du bist ab sofort meine persönliche
Wache und unterstehst meinem Befehl und
natürlich dem Befehl vom König!

Alice nickt und wirkt erleichtert. Während
dieses Trubels ist mir gar nicht aufgefallen, dass
jetzt acht weitere Soldaten mit Pferden bei uns
ankamen und sich jetzt auch Hauptmann
Siegfried auf ein Pferd schwingt.

" Steigt auf! Ich zeige euch eure Stadt!"

KAPITEL 12 -IDRA-

Wir werden mit Begleitschutz umringt, der uns in und durch die Stadt führt.

Die Stadt ist gebaut wie ein Schneckenhaus, die Straßen winden sich im Uhrzeigersinn vom Tor durch die ganze Stadt. Siegfried erklärt uns auch warum.

" Also wie ihr sehen könnt befindet sich der Palast ganz oben in der Mitte und die Stadt windet sich um ihn herum. Es ist taktisch angelegt wurden. Im Falle eines Krieges können unsere Bogenschützen von jedem Punkt der Stadt auf den Dächern über die Mauern Schießen. Außerdem kann man von Palastaus die Feindbewegungen besser Überblicken es ist perfekt kreisförmig, was sich allerdings bislang auch als Fehler dargestellt hat. Bei einem Feuer ist es schwer die Kräfte zu organisieren, aber euer Volk ist schlau, wenn ihr schaut seht ihr an jedem Haus einen Eimer hängen innerhalb von

Sekunden ist eine Eimerkette gebildet und das Feuer gelöscht."

" Einfallsreich, echt einfallsreich und wie ich sehe sind die Händler und Marktstände direkt an der Mauer, welche Bewandtnis hat das?"

" Ganz einfach die Händler waren faul um zum Markplatz zu laufen der sich als Vorplatz vor eurem Wohnsitz befindet."

Okey, jetzt wo er anspricht das es mein Wohnsitz ist wird mir langsam klar, dass ich hier leben werde. Durch die Reise und die Abenteuer habe ich bislang nicht drüber nachgedacht.

" Aber mein Herr, so ganz unter uns, welche der beiden Damen ist eure Frau?"

Ich muss schlucken bei dem Gedanken.

" Hm.... Ich habe noch keine Frau."

Ich sage dies leise genug, damit Alice und Jenny nichts mitbekommen und Siegfried hat genug Taktgefühl um nicht nachzufragen. Die Stadt selber ist farbenfroh und die Männer und Frauen auf dem Weg ins Zentrum schauen uns in Massen nach, zeigen auf uns und tuscheln. Nicht Grade selten Stehen sie an den

Fenstern, winken und rufen uns etwas zu, was allerdings im allgemeinen Lärm der Stadt untergeht. Der Weg wirkt endlos aber man merkt schnell das die >> Reicheren Bürger << immer weiter in Inneren wohnen. Immer wieder passieren wir bewachte Torbögen und ab und an taucht ein Hund auf oder eine Katze vor uns auf, so wie gelegentlich leere oder beladene Karren uns entgegenkommen.

Heimische Händler wie Bäcker, Schmiede und Metzger haben in manchen Häusern ihre Läden. Als wir etwa die Hälfte hinter uns haben taucht vor uns ein Brunnen auf. Er ist mit allerhand Schnörkeln verziert, aber das Augenmerk sind drei Löwen die in der Mitte auf den Hinterbeinen stehen und mit der rechten Pfote eine Krone in die Luft heben.

" Okey ist das mein Wappen?"

" Hey du bist schlau! Das Erkennen nur wenige, das Wappen von Idra besteht aus 3 Löwen und eine Krone auf blauen Grund. Die Löwen bedeuten Schutz, Kraft und Sicherheit und die Krone steht für den König. Achja und der blaue Grund steht für den stetigen Fluss des Wassers was unser Land einschließt."

Beim weiter reiten erzählt Siegfried noch die ein oder andere Geschichte über die Stadt, aber sie langweilen mich und ich drehe mich zu Alice um. Sie selber ist mit Jenny und Anton im Gespräch und schaut mich bedauernd an. Ich werde aber das Gefühl nicht los, dass ich von irgendwo beobachtet werde. Jedenfalls sieht man den Menschen immer und immer mehr ihren Wohlstand an. Die Kleider werden besser und die Häuser werden immer opulenter. Wir erreichen den inneren Kreis, das Tor hier ist viel massiver, wie die Tore zuvor und auch die Wachen hier sind besser gerüstet. Beim durch reiten salutieren die Soldaten vor uns und der Hauptmann erwidert den Gruß. Einmal hindurch sind wir wie in einer anderen Welt. Wir stehen in einem Park mit einer Villa, einer Riesigen Weißen Villa. Durch diesen Park führt eine rote gepflasterte Straße, an kleinen Wiesen und kleinen Büschen entlang auf das Herrenhaus zu.

" Das ist also mein Herrschaftssitz?"

Das es mein Wohnsitz ist kommt mir noch nicht über die Lippen.

" Ja mein Herr! Das ist der Herrschaftssitz des Königs von Idra,"

Mit einem Seitenblick schaut er auf Jenny, Anton und Alice,

" Und deinen gefolg..... Deinen Freunden! Ach ja und die Hofstatt und den Garde Offizieren."

Der gesamten Hofstatt steht Spalier vor dem Gebäude als wir näherkommen.

" Ich habe mir die Freiheit genommen eure Ankunft voraus zu melden."

Ein Soldat in komplett blau tritt direkt vor uns, so dass wir stehenbleiben müssen.

" ACHTUNG! Wir begrüßen Fürst Hagen von Idra zukünftiger Landeskönig! Wir begrüßen Anton erster Berater des Königs! Wir begrüßen Alice Offizieren der Stadtwache und Wir begrüßen Jenny Erste Hofdame des Königs!"

Der Hof Stadt beginnt sofort zu applaudieren. Die Soldaten Saluttieren und wir sind Mega angespannt, als wir von den Pferden absteigen. In nicht Mal 10 Sekunden, eilen gleich Fünf Diener zu uns und nehmen uns die Pferde ab. Ein weiterer Mann im Anzug tritt vor uns und verneigt sich tief.

" Meine Herren und die Damen, ich führe sie nun herein. Ich werde sie herumführen und euch euer Anwesen zeigen."

Er führt uns durch die Reihen der Diener und Soldaten direkt auf den großen Haupteingang zu, welches er auch einfach aufschiebt. Wir treffen ein und stehen in einer Vorhalle. Die Wandverkleidung besteht aus silberweißem Marmor. Ein paar überdimensionale Vasen stehen an den Seiten, ohne Blumen. Anscheinend sind sie nur zur Zierde dort aufgestellt. Auf jeder Seite des etwa zwanzig Quadratmeter großen Raums sind zwei unscheinbare Türen mit kleinen goldenen Türschildern und ein roter Teppich windet sich geradewegs eine Treppe hinauf zu einer großen Doppeltür.

" Rechts sind die Räume der Bediensteten und links sind die Räume der Offiziere. Alice da werdet ihr euer Quartier beziehen!

" JEFFREY"

Nach diesem Ruf kommt ein kleiner schmächtiger man an.

" Jeffrey! Führe bitte Alice in ihr Quartier und kleide sie ein!"

Er mustert sie Nase runzelnd und abschätzend.

" Wir gehen jetzt weiter nach oben!"

Kaum ausgesprochen werden wir auch schon hochgeführt. Am Ende der Treppe ist eine Doppelflügeltür und jeweils ein Gang nach rechts und links.

" Grade aus ist der Thron und Ballsaal, hier rechts ist Euer gemach!"

Sagt der Diener und schaut Anton an.

" Im Inneren wartet bereits eine Kammerdienerin auf euch."

Anton verabschiedet sich kurz und geht hinein. Einen kurzen Blick, den ich von dem Gang erhaschen kann, bringt aber nicht viel.

" So und Links ist das Gemach von euch eure Hoheit."

Ich mache Anstalten um zu gehen als sich Jenny meldet.

" Endschuldige bitte? Wo ist denn mein Gemach?" Der Diener schaut sie stirnrunzelnd an.

" Ihr schlaft beim König als persönliche Kammerdienerin gehört sich das so."

Sie wollte etwas erwidern, doch schluckte die Worte herunter.

" Mein König geht vor!"

Okey dieser grinsende Gesichts Ausdruck von ihr zeigt extrem wie sie sich freut. Wir betreten unser Quartier und ich bin überwältigt. Es war nicht nur ein Schlafgemach, es war ein Zimmer in der Größe einer Wohnung, mit drei Räumen, die in L-Form angelegt sind. Im ersten Raum direkt hinter der Tür befindet sich das Schlaf Zimmer. An der Wand gegenüber steht eine Tür offen, man erkennt einen Schreibtisch und dahinter ein kleines Bett unter einem Fenster. An der Rechten Wand steht ein Himmelbett, was den Ausdruck King-Size-Bett wohl zurecht trägt. Es muss drei Mal drei Meter groß sein und eingerahmt wird es von einem Vorhang, aus einem schwarzen Samt der so schwer wirkt wie Blei. Ich schaue ins Arbeitszimmer, was mehrere Schränke beinhaltet und sehe an der linken Wand eine weitere leichte Doppeltür. Neugierig stoße ich sie auf und höre Jenny hinter mir quietschen. Sie ist genau wie ich alles am Untersuchen. Hinter der Tür befindet sich ein Kleiner Raum, an seiner linken Seite stehen viele Bücher und auf der rechten ist ein Balkon mit Sicht über den ganzen Vorplatz. Hinter mir seufzt es und ein großer Wumms Lässt mich kichern.

" Na Jenny ist mein Bett bequem?"

" Dein Bett??? Ich dachte das ist unser Bett!"

" Na dann komm mal zu mir ins Arbeitszimmer." Ihr Blick erstarrt als sie hinter mir eintritt.

" Ämm... das ist mein Bett?" Wie soll ich denn da reinpassen?"

Stimmt das Bett ist etwa einen Meter sechzig lang bei Jennys 1.75 Metern, wird es wohl sehr, sehr knapp. Aber das Problem lässt sich lösen. Ich gehe zur Tür, um einen Diener das ändern zulassen. Woraufhin ich eine kleine Schnur mit einem Schild neben der Tür entdecke. Auf einem kleinen Messing Schild steht Diener. Woraufhin ich einmal an der Schnur ziehe. Scheinbar passiert aber nichts. Ich drehe mich Grade zu Jenny um, um ihr mitzuteilen, dass ich einen Diener holen werde, als die Tür aufschwingt und der Diener der uns herumgeführt hat eintritt.

" Mein Fürst ihr habt geläutet?"

Damit ist das Rätsel gelöst es ist wohl eine Klingel.

" Ja das Bett von Jenny ist viel zu klein! Wie soll sie bitte darin schlafen?"

" Mein Herr! Eure Dienerin schläft doch nicht in diesem Bett! Das Bett dort ist für einen Hund, wenn ihr euch einen zulegt! Sie ist eure, wie soll ich es sagen, Mätresse! Sie soll sich um eure Bedürfnisse kümmern bis ihr verheiratet seid."

" Ich bin seine WASSSSS???"

Dieser Schock sitzt grade bei uns beiden tief, auch wenn es mich innerlich auflachen lässt.

" Wenn ihr sie nicht wollt bringe ich sie irgendwo in der Dienerkammer unter."

" Sie kann ruhig hier bei mir bleiben. Aber verstehe das nicht falsch sie ist nicht meine Mätresse oder sogar eine Hure! Wir sind Freunde und Partner! Genau wie Anton und Alice."

 Jenny die ich aus meinen Augenwinkeln sehen kann, wirkt sehr geknickt. Aber auch irgendwie stolz auf mich.

" Übrigens wie ist dein Name? Ihr habt euch mir nicht vorgestellt und ich bin es satt euch Diener zu nennen!"

" Mein Name ist Jeffrey, ich bin Der Oberste Diener in diesem Palast. Wie gesagt ich nehme sie gerne mit runter!"

" Nein, das wird schon gehen. Danke! Übrigens wir haben Hunger."

" Schon Recht! Dann folgt mir bitte in den Speisesaal."

Er führt uns auf den Thronsaal zu und durch die Doppeltür hindurch. Hier sind etliche Menschen dabei zu schmücken, auch wenn der karge Raum aus dunkelgrauem Stein besteht und mit einem Holzthron in der Mitte der hintersten Wand ausgestattet ist, wirkt sehr trist. Der Schmuck von blauen Bannern mit dem Wappen und ein paar Girlanden helfen kaum diesen Eindruck zu überdecken. Er führt uns wortlos auf den Thron zu und auf eine silberne Tür daneben. Dahinter wiederrum befindet sich ein mittelgroßer Raum mit einem riesigen Holztisch. Ein goldener Stuhl am Ende der Tafel wird wohl mein Platz sein. Ziel sicher gehe ich auf ihn zu und setze mich.

Tapsend kommt Jenny neben mir zum Stehen und setzt sich zu meiner rechten. Als sie sich zu mir setzt, knirscht die Tür und Anton tritt ein, er hat sich umgezogen und sieht in seiner Blauen Robe so stolz aus, und vom Stand her ist er ja mein Berater.

" Anton Mensch, Mensch, Mensch, Kleider machen echt Leute!"

Puterrot kommt er hin und setzt sich an meine rechte Seite. Wie auf ein Zeichen, als er sich niedergesetzt hat kommen Drei Diener und jeder stellt einen Teller vor uns dreien ab. Ich packe ruckartig den Arm des Dieners der seinen Teller vor mir abstellt.

" Wo bleibt Alice?"

" Alice? Die neue Offizierin? Die niederen Soldaten dürfen hier nicht rein!"

Seine Worte waren richtig wiederlich, sie klingen sehr abschätzend was ich so gar nicht dulden kann!

" Wie ist dein Name? Ach der ist auch egal. Wenn meine Freundin Alice nicht in 5 Minuten hier am Tisch sitzt und ich noch einmal mitbekomme, dass sie jemand sie als niedere Person oder ähnliches betitelt fliegt der jemand hier im Hohen Bogen aus dem anwesend und bringt einen Brief in die schwarzen Landen!"

Es ist nur eine Drohung aber die Reaktion zeigt das ich voll ins Schwarze getroffen habe. Denn er rennt los und nur wenige Sekunden später geht auch schon mit viel Geplärre, die Tür auf.

" Lass mich los! Wo bringt ihr mich hin."

Ich lache mich gleich Mit Jenny und Anton kaputt. Der Diener hat meine Drohung so ernst genommen das er Alice gleich her schleifen lassen hat.

" Lasst sie los! Ich wollte ja nicht, das ihr sie hierher schleppt. Alice setz dich. Ich kann doch ohne meine Meute nicht essen."

" Ich war grade eingekleidet und Hab mich zum Essen mit den anderen Soldaten an den Tisch gesetzt, als dieser Gorilla dort mich hierhergeschleppt hat."

Wieder lachen wir alle beherzt los. Die Rüstung mit dem Blauen Band steht ihr hervorragend und ihr Blick auf Anton zeigt das sie auch beeindruckt ist von seinem Outfit. Als das Essen kommt ist es fast wie früher. Wir lachen und essen gemeinsam und ich überlege mit den anderen was wir hier verändern können und komme zu einem Beschluss.

" Diener wer ist denn der General meiner Truppen?"

" Ihr habt noch keinen General bestimmt!"

" Wunderbar ruft mir Hauptmann Siegfried her!"

Es dauert wieder nur 10min bis er in voller Rüstung in den Speisesaal marschiert. Er verneigt sich vor mir, und spricht direkt los.

" Was kann ich für euch tun meine Hoheit."

Sein Blick fällt auf Alice und sein seine Miene wisch Verwunderung.

" Was macht sie den hier? Sie ist ein unterer Offizier?"

Panisch nach diesen Worten suchen alle Diener das weite. Bei der Geschwindigkeit wie sich der Saal leert, ist es kein Wunder wieso der jetzt irritiert schaut. Woraufhin Anton ihn aufklärt.

" Die Diener beleidigten in gewisser Weise Alice woraufhin Hagen ihnen drohte, wenn nochmal was in der Richtung fällt, rappelte es im Karton."

" So kommen wir zum Punkt warum ihr hier seid. Siegfried und Alice ab sofort seid ihr beide meine Generäle! Alice ich kenne hier keinen Soldaten so gut wie dich und du Siegfried ihr habt hier Erfahrung und seid mit der Stadt und den Soldaten absolut vertraut. Daher übernimmst du Siegfried die Soldaten an sich und Alice die Bogenschützen."

Keiner von beiden gibt auch nur einen Mucks von sich, aber scheinen beide zufrieden.

Damit die anderen Soldaten euch auch als Generäle erkennen lasst euch beide eine goldene Rüstung anfertigen. Die große Ironie ist das Alice schaut wie immer und Siegfried seine Freude kaum verbergen kann.

" Gibt es eigentlich hier noch Zimmer im Haus die für Generäle angemessen sind?"

Diesmal meldet sich Anton.

" Ja ich denke schon auf meinem Gang sind noch fünf Leerstehende Zimmer. Ich habe mich etwas umgeschaut. Mein erster Gedanke war das hinter der Tür gleich mein Zimmer ist aber nein. Es ist ein Korridor nur die erste Tür ist mein Zimmer. Dahinter sind vier weitere Türen und die Zimmer dahinter sind leer. Also kann man diese auch einrichten. Ich kümmere mich gerne darum das sie eingerichtet werden. In der Zeit können Siegfried und Alice ihre Sachen packen und alles organisieren. Was denkt ihr?"

Alice und Siegfried stimmen sofort zu. Es ist wohl ein Privileg im oberen Stock zu wohnen. In voller Erwartung stehen sofort alle auf und verabschieden sich, so das Jenny und ich zurückbleiben. Wir essen eben auf und gehen zusammen zu unserem Zimmer. Wo bereits eine Junge Dienerin auf uns wartet.

" Mein Herr ich habe für die morgige Zeremonie eure Kleider bereitgelegt."

Sie verneigt sich und verlässt das Zimmer. Ein blaues Kleid für Jenny und eine silberne Rüstung, die goldverziert ist, mit einem Blauen leichten Umhang für mich, hängen auf zwei Schneiderpuppen bereit. Durch die Fenster vom Arbeitszimmer zeigt sich schon das grau rot des späten Abends. Was mir sagt, es ist Zeit fürs Bett.

Ich schließe die Zimmertür ab und fange an mich auszuziehen. Als ich mich wieder umdrehe sehe ich in das Gesicht von Jenny die sich auf die Unterlippe beißt und die Tür zum Arbeitszimmer schließt. Ich lege mich unter die Decke. Fast lautlos krabbelt Jenny mit drunter und nimmt mich in den Arm. Ich spüre ihre nackte Haut an meiner, wie in unserer ersten Nacht, wobei sie mir ins Ohr flüstert:

" ich werde dich jetzt noch etwas müder machen mein König"

und dann küsst sie mich. Ihre Zunge drückt mit leichter Gewalt meine Lippen auseinander und sucht Spielerich nach meiner, wobei sie mich auf den Rücken dreht und sie mit ihren Fingern über meine Brust und meinen Bauch Fährt. Ich bin mir nicht sicher ob ich es zu lassen soll, doch sie fordert mich so sehr, dass ich keine Chance habe mich gegen sie zu wehren. Als ihre Hand an meinem Oberschenkel angekommen ist, steht mein Schwanz schon so hart. Dann löst sie ihre Lippen von den meinen und legt ihren Mund an mein Ohr wobei ihre Haare meine Augen und meinen Mund bedecken und flüstert:

" du willst mich jetzt oder?"

Noch bevor ich überhaupt zu einer Antwort ansetzen kann, packt sie zu und ergreift meinen Knüppel. Ich erwiderte nur noch ein aufstöhnen. Wodurch eine Strähne ihrer Haare in meinen Mund fallen und ich ihn nicht mehr ganz Schließen kann. Ihre Hand fängt an ihn vor und zurück zuschieben, während sie mir den Hals küsst. Ihr Saugen an meinem Hals bringt mich fast um den Verstand und ihr Feuer was sie an den Tag legt ist unstillbar. Mit einer Hand Kralle ich mich ins Bettlaken und mit der anderen greife ich ihr an die volle Brust und fange an ihren Nippel leicht zu kneifen, bis sie aufstöhnt, mir ins Ohr flüstert,

" du gehörst mir!"

Und mir dann ins Ohrläppchen beißt. Meine Geilheit erreicht langsam ungeahnte Höhen und ihre Hand die sich nun immer schneller einen Rhythmus einnimmt, hilft mir kaum die Kontrolle zu halten. Ich nehme jetzt meine zweite Hand und fasse ihr zwischen ihre Beine und beginne zu streicheln. Meine Finger sind sofort von ihrem Saft bedeckt und ihr erregter Aufschrei und ihr innerlich es zucken, lassen mich die Kontrolle übernehmen. Machtlos lässt sie mich nun los und lässt ihren Körper auf mich sinken.

193

Die Hand die mich Grade noch fest im Griff hatte klammert sich nun in meine Haare, als ich mit zwei Fingern in sie eindringe. Ich greife ihr mit der anderen Hand ins Haar und ziehe ihr Gesicht auf meines und flüsterte.

" Du gehörst mir! Mir alleine!"

" JA, mein Herr!"

Ich ziehe ihren Mund auf meinen und obwohl sie versucht die Kontrolle zu behalten, hat sie diese bereits verloren. Ich lege beide Arme um sie und drehe sie mit einem Ruck auf ihren Rücken und wandere mit meiner Zunge über ihren Körper. Das Zittern ihrer Erregung, welche durch ihren ganzen Körper geht, ist der Punkt zu dem ich wollte. Ich küsse mich weiter bis zu ihren Oberschenkeln, Winkel ihre Beine an und fahre mit meinem Kopf zwischen ihre Beine. Ihr heißer Saft berührt meine Lippen und sie kann nicht anders als mir fest in die Haare zu fassen, als meine Zunge durch ihre tropfende Ritze fährt. Mit der Zungenspitze streiche ich erst sanft dann immer fordernder ihre Klitoris so dass sie mich immer fester auf sich drückt und ihr stöhnen langsam einem aufkeimenden Aufschrei weicht. Ein Beben geht durch ihren Körper.

Jetzt bin ich da wo ich hin will. In umgekehrter Reihenfolge küsse ich mich jetzt über den Bauch, über ihren Nippel zu ihrem Hals, wobei ich meine Hüfte immer weiter zwischen ihre Beine schiebe und meine Latte an ihren heißen Punkt rutschen lasse und ihn mit einem Ruck in sie gleite. Diese heftiger aufstöhnen von uns beiden, weckt in mir den Wunsch, ich will sie jetzt hart und für immer. Ihre Hände auf meinen Hüften, so wehrlos, nehme ich sie nun schnell. Unsere Bewegungen sie wie auf einander abgestimmt und unser Stöhnen geht in der Lust bald unter. Ich werde immer schneller bis ich zu dem Punkt gelange an dem es kein Zurück mehr gibt. Ich will kommen! Ich muss kommen. Was ich nun auch mit einem Aufschrei mache und mich voll in sie ergieße. Schwer atmend liege ich über sie gebeugt da. Und sage ihr.

" Du gehörst mir! für immer!"

" Und du mir mein Schatz."

Worauf hin wir uns küssen und ich dabei einschlafe.

KAPITEL 13 -GEKRÖNT & VERHANDELT

Lautes poltern reißt mich aus dem Schlaf.

" Guten Morgen mein Fürst!"

Jenny springt im Zimmer umher und zieht sich an.

" Du nennst mich noch Fürst? Ich hatte mit Schatz gerechnet."

Jenny wird Rot und dreht direkt ihr Gesicht von mir weg.

" Möchtest du denn das ich dich Schatz nenne? Weißt du Hagen du bist mein erster Freund..."

" Warum nicht?"

Ich stehe auf und fange an mir die lange Unterwäsche anzuziehen. Der Trubel vor der Zimmertür ist kaum zu überhören. Jenny sieht so toll aus in dem blauen Kleid. Es ist wie angegossen. Einfach Klasse. Jenny selber bewundert sich die ganze Zeit vor dem Spiegel. Sie sieht ja auch aus wie eine Prinzessin. Es klopft an der Tür und Jenny öffnet sie. Sechs Diener die von Jeffrey angeführt werden betreten das Zimmer und fangen sofort an mir die Rüstung anzulegen, mir die Haare bürsten und waschen mich. Einer zupft am Kleid von Jenny rum, und Jeffrey klatscht kurz in die Hände.

" Macht hin! Die Krönung beginnt bald! Wir haben keine Zeit."

Ein Diener Steckt mir mein Schwert in die Scheide, macht dann blitzschnell drei Schritte von mir weg und verlässt sofort den Raum. Jeffrey treibt die Jungs echt an. Man merkt wie er seinen Beruf ernst nimmt.

" Hey Jeffrey wie läuft das jetzt ab?"

Ungläubig schaut er mich an. Frei nach dem Motto, das ist deine Krönung und du musst doch wissen wie du was zu tun hast.

" Das läuft alles von selber, aber jetzt erstmal alles vorbereiten! Mein Herr ihr wartet hier bis alles fertig ist dann kommt man euch holen!"

Sein Blick fällt auf Jenny und ihren jungen Diener der sie grade zurecht macht!

" Ist sie fertig?"

" Ja!"

" Dann raus mit euch ab in die Halle!"

Er schubst Jenny und den Diener hinaus aus dem
Raum, jagt die letzten Diener hinterher und
schließt hinter sich die Tür. Toll jetzt bin ich
alleine und habe keine Ahnung was zu tun ist. Mir
geht langsam ein bisschen die Muffe. Kann ich
was falsch machen? Was passiert da jetzt und
wieso mir keiner was gleich passiert und der
Idiot von Jeffrey war mir auch keine Hilfe. Ich
gehe ins Arbeitszimmer und schaue aus dem
Fenster. Ein Riesen Tumult ist im Park zu sehen
die ganze Stadt scheint da zu sein und da zu
stehen. Ich beobachte das Treiben etwas bis es
an die Tür klopft und Anton ins Zimmer kommt.

" Boar Hagen, was ein treiben. Das ganze Land
scheint hier zu sein."

" Da sagst du was! Da Draußen ist ja die Hölle
los!"

" Da Draußen? Glaub mir der Thronsaal allein ist
gerammelt voll. Alles was Rang und Namen hat ist
da und was die Diener aus Jenny und Alice
gemacht haben, ist absolut der Hammer."

" Achja? Hat Alice die Rüstung schon?"

" Ja hat sie, aber man, man, man deine ist auch der Wahnsinn!"

" Wie wird das jetzt ablaufen?"

" Naja man holt dich, dann sagt der oberste Mönch aus dem Kloster ein paar Worte, man setzt dir deine Krone auf, gibt die deine Insignien und tadaaa! Alle glücklich und du bist König."

" Das ist alles?"

" Ja das ist alles, naja fast danach kommt noch viel dich hochleben und Händeschütteln. Das überlebst du schon. So ich gehe wieder in die Halle."

Ich blicke weiter aus dem Fenster, als er den Raum verlässt und hinter mir die Tür ins Schloss fällt. So langsam wird es ernst. Auf dem Schlosshof wird es immer voller und im Gang vor dem Zimmer wird es langsam ruhig. Nach gefühlten fünf Stunden die wohl nur zehn Minuten sind. Klopft es wieder an der Tür.

" Mein Herr wir sind soweit."

Jeffrey steht in der Tür und wartet auf mich. Wortlos drehe ich mich vom Fenster weg und gehe auf ihn zu, so dass wir zusammen den Raum verlassen. Wort los gehen wir auf die Doppeltüre zu und ein Diener ruft bei unserer Ankunft,

" Erhebt euch! Hier kommt Fürst Hagen von Idra."

Kein Applaus, keine Regung alle schauen mich an. Ich gehe langsam auf den Thron zu. Man hat Bänke hergebracht und Tische aufgestellt. Auf denen bereits essen steht was duftet. Ganze Schweine sehe ich und Äpfel. Der Schmuck ist fabelhaft geworden und der Thronsaal ist kaum wieder zu erkennen. Mit jedem Schritt entdecke ich neue Details und begreife langsam das ich nach der Reise am Ziel angekommen bin. Der Mönch der vorne am Thron steht, nickt mir mit einem Lächeln zu. Komisch irgendwie, da ich hier noch keine Kirchen gesehen habe. Was er wohl für eine Religion vertritt? Ich schaue in die Gesichter und erkenne kaum jemanden. Bis auf Vera und Michael sind die meisten mir absolut unbekannt, aber durch die beiden ist mir eines klar.

Man muss bei meiner Ankunft schon boten losgeschickt haben, damit sie rechtzeitig ankommen konnten. Erst jetzt bemerke ich das hinter meinem Thron Anton, Alice und Siegfried stehen. Die Rüstungen der beiden sind echte Klasse, auch wenn es noch nicht die Prunkrüstungen sind wie ich sie mir vorstelle. Nach ein paar weiteren Schritten bin ich angekommen und drehe mich zur Menschenmenge um, dann spricht der Mönch.

" Wertes Volk, dies ist Fürst Hagen von Idra. Ab heute wird er bekannt sein als, Hagen der erste, König von Idra. Mein Fürst schwört, werdet ihr das Volk schützen?"

" Ich schwöre das Volk zu beschützen!"

" So sei es! Dann gebt mir euer Schwert."

Ich ziehe es und lege es so auf meine Handfläschen, dass er es greifen kann, wobei er mir mit der Schneide leicht in die Hand schneidet, so dass ein paar Tropfen Blut auf den Boden fallen.

" Mit Blut und Schwert geschworen! Fürst schwört ihr dem Wohlstand dieses Landes hochzuhalten?"

" Ich schwöre es!"

Er nimmt eine kleine goldene Kugel und legt sie mir in die Hand. Scheinbar ist sie aus massiven Gold, denn sie wiegt bestimmt zehn Kilogramm.

" Diese Kugel als Zeichen, dass ihr diesen Schwur geleistet hat, soll euch immer daran erinnern. So nun als letztes,"

Er stellt sich hinter mich,

" Und mit dieser Krone, ist der schwur des Volkes euch zu dienen, euch zu gehorchen und euren Gesetzen Folge zu leisten bezeugt. Somit schwöre ich die Treue des gesamten Volkes auf euch und kröne ich euch Fürst Hagen zu König Hagen dem Ersten."

Er setzt mir nun die Krone auf, die passt wie angegossen. In dem Moment als die Krone meinen Kopf berührt, geht ein lautes rufen durch den Raum.

" LANG LEBE DER KÖNIG!"

Ich versuche einen Dank zu er widern, doch dieser geht im Jubel des Volkes vollständig unter. Dieses hochleben dauert nur wenig an, was mir nun zeigt das viele nur zum Essen hier sind und mich jetzt erwartungsvoll ansehen. Anton tritt neben mich und steckt mein Schwert in die Scheide wobei er mir zuflüstert,

" Sie erwarten ein paar Worte und das du das Mahl eröffnest."

" Danke das ihr da seid! viele von euch habe ich noch nie gesehen, und ich glaube viele von euch habe noch nie einen König oder gar mich gesehen. Daher haut rein!"

Anscheinend kennen die meisten die Redewendung nicht. Denn keiner rührt sich, woraufhin ich nochmal deutlicher sage.

" Esst und feiert was das Zeug hält."

Jetzt geht ein grölen durch den Raum. Anton spricht weiter und winkt Jenny zu uns rüber.

" Hagen, wir müssen noch auf den Balkon und dem Volk Draußen uns zeigen!"

Ich schaue meine Generäle an, die beide nicken uns zu und begleiten uns direkt. Ab und zu kommt mit schmatzenden Geräuschen ein >> lang lebe der König << aus der Menge, als wir an ihnen vorbeilaufen. Wir verlassen die Halle und gehen direkt durch mein Zimmer auf den Balkon.

Diesmal ist Siegfried der sich nach vorne stellt und zur Menge runter brüllt.

" Werter Pöbel! Lang lebe König Hagen der erste!"

Worauf das Volk >> Lang lebe der König << wie aufs Stichwort hin wiederholt. Allerdings werden sie nach dem zweiten Ruf durch Glocken die überall ertönen unterbrochen und ich finde es Klasse das man wegen mir die Glocken läuten lässt. Ich hätte es weiter genossen, wenn nicht plötzlich Siegfried brüllen würde,

" Zu den Waffen! Alle zu den Waffen."

Sofort überschlagen sich die Ereignisse. Siegfried blufft Alice an siehst du das meine ich, organisiere wie ab besprochen deine Truppen und beide rennen sofort aus dem Raum. In der Ferne vor der Stadt ist großer Trubel zu erkennen, als wenn eine Armee auf Idra zu marschiert und sich formiert. Jenny die bis jetzt genauso planlos ist wie wir, setzt sich auf den Schreibtisch Stuhl und ich gehe in die fordere Halle, mit Anton im Schlepptau.

Beim Rausgehen rufe ich Jenny noch zu, >> bleib hier wir kommen wieder! << Und schließe hinter uns die Tür.

" Anton, was ein Glück oder? Ich bin keine 30 Minuten gekrönt und schon schlägt alles Alarm."

Auf dem Weg aus der Villa heraus kann man kaum was erkennen. Überall Soldaten und Bogenschützen die auf die Mauern und Dächer rennen. Jetzt erkenne ich auch warum die Stadt wie eine Pyramide aufgebaut ist. Wir folgen einer Truppe auf die Mauern und der etwas was direkt weiter auffällt die einzelnen Tore bilden eine Brücke die direkt zum Haupt Tor führt, wo wir uns auch direkt im Laufschritt hinbewegen. Alice und Siegfried stehen schon auf der Mauer bereit und schauen mich ungläubig an. Alice Entsetzen ist nicht zu übersehen.

" Hagen was machst du hier! Du gehörst in den Kern! Du bist in Moment die wichtigste Person dieses Landes."

" Ich bin der König oder? Das heißt das ich bei sowas vorne stehe und gehe, wenn es gefährlich wird!"

Eine Gruppe Kavalleristen macht sich unter uns fertig, und Siegfried setzt sich seinen Helm auf.

" Mein König, ich werde die Verhandlungen führen. Bleibt hier ich werde berichten was hier los ist."

Ich nicke ihm zu und schaue mir das Heer an was vor der Stadt in Stellung geht. Wer denkt es sei wie im Film, denkt falsch ein lautes Grollen und Grölen geht von der Menge aus. Sie zu zahlen ist unmöglich aber etwa 300 Mann komplett in schwarzer Rüstung sind zu sehen. Das laute klimpern von Metall auf Metall und das Bellen von Hunden ist zu hören. Hinter uns macht sie die Truppe fertig zum Hinausreiten vor die Stadt. Das schwere Gitter wird hochgezogen und sie ziehen vor die Stadt. Der Anblick von etwa 20 man auf Pferden die in Formation sich zwischen die Stadt und den Feind stellen, wirkt wie Hohn. Siegfried an der Spitze ist nur durch seinen blauen Umhang auszumachen. Was würde ich jetzt dafür geben lauschen zu können. Aus der Gruppe löst sich ein Reiter auf einem schwarzen Pferd, nein einem Riesigen Wolf und reitet auf die Hälfte der Strecke auf unsere Truppe zu und bleibt stehen. Woraufhin Siegfried aus der Gruppe nach vorne reitet, in der Hand einen

Speer, mit einer Flagge trägt, die mein Wappen abbildet und stellt sich im Abstand von etwa 2 Metern vor dem Unbekannten Reiter Auf. Allerdings auf die Entfernung irgendwas Spezielles zu erkennen ist nicht möglich. Nach quälenden fünf min kommt Siegfried zurück und wie an einer Kette zieht er seine Männer hinter die Mauern. Er braucht einen Moment bis er abgestiegen ist und die Leiter zu uns emporgestiegen ist. Keuchend kommt er vor mir zum Stehen.

" Wir haben ein Problem mein Herr! Der schwarze Reiter, ich kann leider nicht mehr zu ihm sagen er ist vollkommen verhüllt. Aber ihr habt einen Deal mit ihm sagt er! Seine Worte waren: Ihr habt ihm das Versprechen gegeben diese Unterhaltung mit ihm zu führen!"

Ich schaue ihm an und Murmel etwas wie, >> so ein Mist < Alice und Anton die sich jetzt anschauen wissen genau so sehr wie ich, es ist der Nekromant. Bei dem Gedanken kommt auch schon von Anton der Satz den ich befürchtet habe.

" König Hagen, es ist gefährlich abzulehnen. Du weißt wer er ist. Nickend bekommt er meine Antwort,

" Ich werde hinausreiten und mit ihm reden. Ich habe es ihm schließlich zu gesagt!"

" Ihr wisst wer das ist? Und vor allem, habt ihr sie nicht mehr alle? Ihr seid der König."

" Genau ich bin der König! Und ich weiß wer er ist und er wird mir nicht tun! Das weiß ich denn anscheinend braucht er mich noch."

Ich spreche diese Worte so voller Kraft das selbst ich vor mir zusammen zucke. Woher wusste er eigentlich, dass diese versprechen exakt zutreffen werden? Ich glaube ich habe ihn bis hier hin unterschätzt. Ich wende mich in Gedanken versunken der Leiter zu und steige sie hinab.

" Bringt mir mein Pferd."

Als ich auf Atlas warte mache ich mir Gedanken was der Nekromant hier will. Ich habe nicht damit gerechnet das er auch hier auftauchen wird. Es dauert nur wenige Sekunden bis man mir Atlas bringt und ich setze mich auf und reite wie zuvor Siegfried mit Geleitschutz hinaus. Kaum aus der Stadt löse mich auch schon aus der Gruppe und reite direkt auf den Nekromanten zu. Noch bevor ich ihn erreiche, höre ich seine Stimme.

" Na mein Freund, ihr erinnert euch an unseren Deal."

" Hallo alter Mann! Wie kommt es das ihr mich einen Freund nennt und mit einer Streitmacht vor unserer Stadt steht und wenn ich damals schon gewusst hätte wer ihr seid, hätte ich diesen Deal nicht geschlossen!"

" Und doch steht ihr nun als König vor mir und führt die Unterhaltung die ihr nicht führen wollt! Ihr hab mir schließlich nur die Zukunft versprochen, denn es ist unweigerlich, dass die Zukunft zutrifft ob wir nur dran glauben oder nicht."

Ich schaue ihn an, mit leichter Wut im Bauch, weil er es so rüberbringt als sei ich sein Kind!

" Ihr sprecht von Zukunft und kommt mit einer Armee? Der Hohn in diesen Worten ist echt der Hammer!"

" Nun wartet erstmal! Ich suche meine Tochter! Denn sie ist der Feind, nicht ich."

" Aha wie schon erwähnt du stehst hier mit einer Armee vor mir und erzählst mir etwas von eurer Tochter? Die der Feind sein soll? Wer ist sie? Und was soll sie tun?"

" Ahhh endlich die richtigen Fragen! Sie ist in der Stadt und sie ist kein Bürger Walhallas! Sie kommt eigentlich aus den schwarzen Landen und sie ist nur hier um zu töten!"

" Glaubst du nicht das ein Monster aus den schwarzen Landen hier aufgefallen wäre?"

" Ihr seid ein Dummkopf! Nicht alle von dort sind Monster. Ich selber komme von dort um sie zu jagen. Wenn sie will diese Welt nicht nur zerstören sie ist hier um alles zu vernichten!"

" Anton der Schlächter! Ich soll euch glaube?"

" Ich bin überrascht! Aber es stimmt nicht so ganz. Meine Tochter war der Schlächter! Ich habe die Menschen die ihren Experimenten ausgeliefert waren geholfen. Ich habe sie erlöst, wenn sie Mal wieder zu weit gegangen ist, oder betäubt, wenn sie wiedermal sadistisch wurde. Ich war ihr Vater oder bin ihr Vater und wusste es nicht besser."

" Nun gut wer ist eure Tochter?"

" Das Werdet ihr bald schon erfahren! Wir ziehen uns auf erste zurück. Aber wenn ihr meine Drohung nicht ernst nehmt kommen wir in ein bald wieder und wir werden sie selber hinrichten ob in Krieg oder Freundschaft! Das werdet ihr entscheiden solange passt auf sie mordet ohne mit der Wimper zu zucken auch ihren besten Freund!"

Nach diesen Worten drehe ich mein Pferd und Reiter wortlos in die Stadt zurück. Auf feiern habe ich keine Lust dafür habe ich jetzt viel zu viele Gedanken im Kopf und alle drehen sich um Alice.

KAPITEL 14 -DER BRIEF-

Stink sauer springe ich vom Pferd und gehe sofort die Leiter hoch. Die feindlichen Truppen ziehen sich zurück. Ich sehe Grade noch den Abmarsch. Es

" Alice, Anton und Siegfried sofort in den Thronsaal! Wir müssen dringend was besprechen."

Ohne weitere Worte gehe ich Straff voraus. Ich kann mir zwar nicht vorstellen das Alice seine Tochter ist, aber es passt alles so gut und vor allem sagt er die Wahrheit? Oder ist es ein Trick? Soldaten die mir Entgegenkommen verneigen sich und gehen mir aus dem Weg, bis ich in dem kleinen Park angekommen bin. Wie schnell es sich gelernt hat dabei sind doch erst seit dem Alarm nur etwa eine Stunde vergangen, oder doch mehr? Ich schreite direkt auf die Tür zu und schiebe sie ohne zu klopfen mit einem Ruck auf. Wer lügt wer sagt die Wahrheit und wichtiger ist, was soll ich machen. Alice begleitet mich seitdem ich hier bin.

Aber es gibt vieles was auf sie Hinweist. Sie hat hier früher schon gemordet.

Ihre Vergangenheit ist ein Geheimnis. Schnur stracks gehe ich auf den Thronsaal zu und hinein. Ein paar der Gäste sitzen noch an den Tischen, entweder aus ignorant oder weil sie einfach Mal wieder essen wollten.

" ALLE RAUS HIER! SOFORT! Und ruft mir Jenny hier her!"

Mein Schrei bewirkt schon fast eine panische Flucht aus dem Thronsaal. Der jetzt ganz leer mir vor kommt wie eine Gefängnis Zelle. Ich schreite auf meinen Thron zu und setze mich mit einem tiefen Seufzer hin. Kurz darauf kommt

Jenny herein und geht auf mich zu. Aber setzt sich auf einen Stuhl an einen der Tische direkt beim Thron. Ihre Laune ist wie meine im Keller, aber an ihrer bin wohl ich schuld. Die aufgeregten stimmen vor der Tür von Alice und Anton sind deutlich zu hören. Scheinbar haben sie Angst hineinzukommen. Mehr Fach fällt >> du zuerst<<.

" Kommt schon rein ich reiße euch so oder so die Köpfe ab!"

Mein ironischer Ausruf hat Wirkung, denn die Tür geht auf und Siegfried kommt mit den beiden im Schlepptau in den Saal geschlendert. Zwar mehr mit vorsichtig als sicher, aber sie kommen näher. Ich gehe zu einem der Tische und winke die anderen heran das sie mir helfen ihn vor den Thron zu stellen. Er ist leichter als gedacht und mit einem Rumps steht er vor meinem Thron und ich setze mich wieder drauf.

" Holt euch Stühle und setzt euch! Wie schon gesagt wir müssen reden." Dies dauert auch nur wenige Sekunden.

" Ich lege dann Mal los. Alice ich muss jetzt was wissen! Bin ich dein König?" Diese Frage scheint sie etwas zu verwirren.

" Natürlich wer soll sonst mein König sein?"

" Das frage ich dich, gibt es in den schwarzen Landen einen König?"

Der Gesichtsausdruck von Jenny, Anton und Siegfried sind bemerkenswert. Ich glaube sie haben mit allem gerechnet, nur nicht das ist so etwas sage. Jenny die nichts mitbekommen hat natürlich einige Fragen und mischt sich jetzt auch mit ein.

" Was ist denn bitte los?"

Kurz Schilder Anton ihr die Situation, damit sie wenigstens auf demselben Stand ist wie die anderen dreien und schaut jetzt mit deutlich fragendem Gesichtsausdruck mich an.

" Kann es sein Alice das du uns nie gesagt hast was du dir angetan hast, weil du niemals Selbstmord begangen hast? Kann es sein das dein Vater Anton der Schlächter ist und kann es sein das du aus den schwarzen Landen hierhergekommen bist?"

Die Wut in den Fragen und die Wut in ihren Augen, dass ich diese gestellt habe, schweben Grade wie ein Damoklesschwert über uns beiden. Selbst ein leihe würde merken das es hier kurz vor der Explosion steht.

" Hagen! Was denkst du von mir bitte? Und was sollen die Frage! Ich habe mich damals vergiftet ich habe mir eine Überdosis Heroin gespritzt! Ich bin hier aus Idra und dann durchs Land gezogen. Ich kann mich an meinen Vater nicht erinnern und es ist noch nie jemand aus den schwarzen Landen zurückgekommen! Reicht das?"

Okey die Stimmung heute ist im Arsch. Deswegen stehe ich auf und gehe auf Alice zu und nehme sie in den Arm.

" Tut mir leid, dass ich gezweifelt habe! ....."

Ich erzähle den anderen was vorgefallen ist. Anton ist der Einzige der nicht überrascht scheint.

" Ich hätte dieselben Schlüsse gezogen."

Alice fasst es wohl immer noch übel auf und hält ihren Kopf gesenkt. Jenny fängt an das Essen der anderen Tische auf unseren zu räumen, und Siegfried fängt an zu organisieren und zu überlegen.

" Wir müssen also herausfinden wer die Tochter ist. Mein Herr König..."

Ich unterbreche ihn,

" Nenn mich endlich Hagen! Ich kann mich nicht dran gewöhnen das mich jeder König nennt."

" Okey Hagen! Hat er keine Hinweise gegeben? Er hat nur gedroht, dass sie das böse ist?"

" Er ist der Nekromant, ich weiß nicht wie weit wir ihm trauen können. Ich habe damals auf einem Bauernhof einer Statur vertraut und sie hat mir fast alle Rippen gebrochen, weil sie ein Troll war!"

Alice die Grade einen Schluck Met aus einem Kelch trinkt, lacht los und spuckt und alle vor Lachen erstmal mit dem süßen Honigwein voll.

" Oh ja.... Das war lustig sein Gesicht als er aus dem Garten flog."

Ironischerweise war sie die Einzige die lacht. Anton wurde sogar böse.

" Alice er hätte sterben können!"

" Ach Anton! Was bringen solche Momente, wenn man nicht im Nachhinein drüber lachen kann und der riesige blaue Fleck an seiner Seite hatte doch irgendwie die Form von einem Walfisch."

" Also der Blaue Fleck ist definitiv weg...."

Jennys Worte treffen bei allen ins Schwarze! Klasse! Jetzt wissen alle das Jenny und ich zusammen im Bett spiele mit den Körpern spiele. Anton hat am schnellsten die Fassung wiedergefunden,

" Also ihr beide seid ein Paar? Ich habe die ganze Zeit gedacht das Hagen und......Ach ist ja auch egal. Seit wann?" Ironischerweise antwortet Alice.

" Seit der Mühle! Ich habe gesehen wie Jenny nachts aus seinem Zimmer kam und naja sie war nackt."

Das erklärt auch ihre Eifersucht. Ob sie wohl selber in mein Zimmer schleichen wollte? Aber diese Diskussionen sind mir zu peinlich daher lenke ich das Thema wieder auf den Nekromanten.

" Das schlimme beim Nekromanten ist das er noch zwei gefallen offen hat! Ich soll ihm sein Leben retten."

" Das ist ja schön und gut, aber wir müssen erstmal seine Tochter finden sonst brauchst du dir keine Gedanken mehr zu machen, ob und was du ihm retten wirst!"

Anton passt prima auf den Posten von meinem Berater denn er hat vollkommen Recht. Doch auch Jenny die sich Grade ein paar Trauben in ihrem Mund verschwinden lässt, hat eine interessante Frage.

" Können wir nicht alle Frauen testen? Es gibt doch bestimmt Test die zeigen woher sie kommen."

Woraufhin Anton erklärt das sie genauso Menschen sind wie wir und dass ein Test nur funktioniert, wenn man vergleichen könnte.

" Ich habe eine Idee,"

Freudig springe ich auf, worauf die Blicke der anderen mir jetzt bei meinem hin und her wandern durch die Halle folgen,

"Es gibt doch einen der sie identifizieren kann! Wenn wir ihn zum Essen einladen oder zu etwas ähnlichem, sollte er sie uns doch zeigen können. Meint ihr nicht?"

Jenny und Anton nicken zustimmend wohin wiederum Siegfried mir einem

Ausdruck von Abscheu den Kopf schüttelt. Nur Alice lässt sich nicht in die Karten schauen und verschränkt ihre Arme vor der Brust während sie ihr Haupt senkt.

" Ich glaube es ist keine gute Idee, und annehmen wird er es auch nicht."

Langsam drehen wir uns im Kreis. Es ist eben eine Situation die scheinbar aussichtslos ist. Wir können ihn nicht her holen damit er sie identifiziert, wir können nicht abwarten, weil es dann Krieg gibt und wir können sie selber nicht finden.

" Verdammt! Sollen wir etwa vor der Stadt alle Frauen präsentieren und sie ihm ausliefern? Was erwartet der Vogel eigentlich!"

Meine Wut klingt scheinbar nicht ab. Aber es ist ja auch eine scheinbar hoffnungslose Situation in der wir hier stecken.

" Was ist wenn wir ihn zuerst angreifen?"

Siegfried bietet damit noch eine Alternative, aber eines sollten wir direkt machen! Das ist die Heerschau wir müssen boten losschicken! Rath muss sein Heer schicken und die Männer aus den Dörfern müssen mobilisiert werden.

" Gute Idee! Ich werde sofort Reiter mit Briefen in die Ganzen Regionen schicken."

Anton springt auf und rennt geht mit schnellem Schritt aus der Halle.

" Alice was meinst du? Wie glaubst du können wir seine Tochter finden?"

" Hmm..... Wenn ich es wäre wird man mich nicht finden. Ich würde mich bedeckt halten und das alles aussitzen."

" Ich denke wir kommen so schnell nicht weiter. Und es wird langsam spät. Wir sollten für heute Schluss machen und abwarten was die Heerführer, wenn sie eintreffen zu sagen haben.

" Meine Worte erscheinen wohl den anderen als Befehl, denn sie nicken, verabschieden sich und gehen aus der Raum, so dass Jenny mit mir allein zurückbleibt.

" Jenny was meinst du, wir drehen uns im Kreis und so langsam bereue ich den

Entschluss hierhergekommen zu sein."

" Ja es ist sehr kompliziert."

Sie kommt rüber nimmt mich in den Arm und gibt mir einen Kuss. Wir sollten ins Bett gehen, es ist spät und heute erreichen wir eh nichts mehr.

" Aber ein Tipp von mir ein guter König regiert wie die Figuren beim Schach! Immer 2 Züge weiterdenken."

221

Wir gehen auch direkt ins Zimmer. Was ein aufregender Tag. Erst verschlafen, dann die Krönung, dann eine Kriegsdrohung und zu guter Letzt keine Ahnung wie ich hier als König ein Jahr oder sogar ein Leben überstehen soll. Jenny und ich wir springen gleich ins Bett und kuscheln uns unter die Wärme Decke. Jennys leichtes Schnarchen hält mich zusätzlich mit meinen Gedanken wach. In der Stadt ist immer noch leichter Trubel zu hören und auch das feiern und Grölen. Die Geräusche die durch die Stadt hallen, waren anfangs ungewohnt und werden immer beruhigender bis ich mit Jennys Arm auf der Brust einschlafe. Der Sonne weckt mich als sie Grade auf geht. Der Platz neben mir ist aber wieder wie gewohnt leer. die Frau braucht wohl keinen Schlaf. Ich Strecke mich erstmal bevor ich aus dem Bett komme. Ich war so müde gestern das ich meine Kleidung einfach vorm Bett ausgezogen und fallen gelassen habe. Ich gehe über sie hinweg auf den großen Schwank zu und schaue hinein. Sowas! Die Klamotten darin sind nicht Mal schlecht. Ich ziehe ein Fach ein graues Hemd an und eine schwarze Lederhose und Läute die Klingel. Einer der Jungen Diener vom Vortag kommt sofort und verneigt sich wortlos.

" Kann ich bitte etwas zu essen bekommen und eine Kanne Milch? Achja mach zwei

Portionen und Bring du sie bitte auf den Balkon Ja?"

" Sehr wohl mein Herr!"

Wie immer, kaum habe ich es aus gesprochen rennt man schon los. Ich begebe mich zum

Balkon und nehme aus dem Zimmer davor einen Beistelltisch und zwei Stühle mit auf den

Balkon. Da ich wohl noch warten muss, setze ich hin und genieße etwas den Ausblick. Der Junge Diener kommt klirrend nach einer Zeit wieder zurück und fängt an von einem Servierwagen aufzutragen.

" Setz dich bitte ich esse ungerne alleine." Schockiert schaut er mich an.

" Mein König das geht doch nicht!?"

" Natürlich geht, dass schließlich fordere ich dich auf dich jetzt zu setzen und mit mir zu essen."

Wiederwillig und wortkarg setzt er sich zu mir.

" Das Leben eines Dieners ist wohl hart?"

Ich beiße nach meinen Worten, die als Frage gemeint sind, von einem Brötchen ab und schaue ihn an. Er nickt kurz, aber sein Blick ist auf den leeren Teller gerichtet.

" Magst du kein Essen was der König für gut erachtet?"

" Doch aber es ist mir unangenehm. Mein Herr."

" Lang zu oder ist es etwa vergiftet."

Ich lache los und lege ihm dabei ein eine Wurst und ein Brötchen hin. Es dauert noch einen Augenblick bis er es greift und sich mit schnellen Bissen in den Mund steckt. Genussvoll schmatzt er vor sich hin und wirkt wirklich glücklich.

" Du hast von mir die Erlaubnis den Rest aufzuessen ich werde nun in den Thronsaal gehen. Sollte dich jemand ausschimpfen, weil du hier bist und ist, komm zu mir ich Regel das dann."

" Danke mein Herr ihr seid so großzügig."

Ich verabschiede mich, setze mir die Krone auf und gehe nach wie zuvor dem Diener gesagt direkt in den Thronsaal. Bei der großen Doppeltür kommen dir dann auch Siegfried und Anton entgegen.

" Guten Morgen ihr zwei!"

" Guten Morgen Hagen! Hast du Alice gesehen?
Sie ist heute Morgen nicht in ihrem

Zimmer gewesen!"

" Nein aber ich habe Jenny auch heute Morgen
vermisst."

Wir öffnen die Tür zum Thronsaal und gehen
zusammen weiter. Anscheinend haben die Diener
die ganze Nacht aufgeräumt, die Tische sind weg
und auch der Schmuck ist verschwunden dafür
ziert ein Wappen welches über dem Thon hängt
den Raum. Langsam und uns über belangloses
unterhalten gehen wir zum Thron und ich schaue
verdutzt auf ihn hinauf. Ein Brief! Irgendjemand
hat einen Brief dort hingelegt. Ich öffne ihn und
lese ihn mir durch. Als ich fertig bin reiche ich
ihn weiter an Anton der ihn auch laut vorliest.

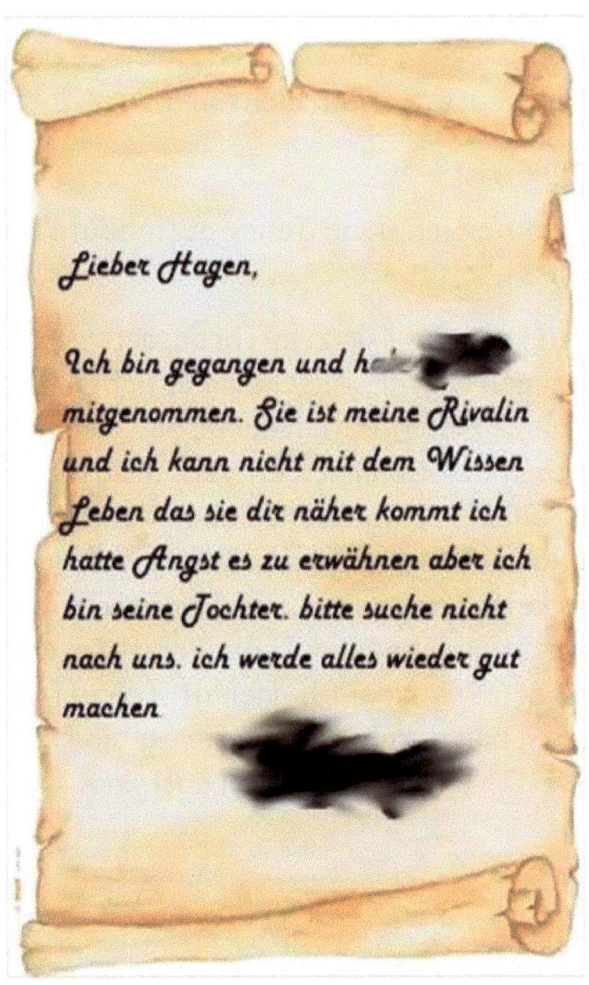

Lieber Hagen,

Ich bin gegangen und h██████ mitgenommen. Sie ist meine Rivalin und ich kann nicht mit dem Wissen Leben das sie dir näher kommt ich hatte Angst es zu erwähnen aber ich bin seine Tochter. bitte suche nicht nach uns. ich werde alles wieder gut machen

" Scheiße, Siegfried Trommel deine Männer zusammen! Sie sollen die Stadt nach

Alice und Jenny absuchen! Und du Anton mobilisiere du die Diener! Sie sollen das

Schloss die Ställe und alles auf den Kopf stellen!"

Beide rennen los, sie stürmen durch die Tür und rennen dabei erstmal Jeffrey über den Haufen der Grade auf mich zu kommt. Mit einem Urgs sitzt er erstmal aus seinem Podex. Beim Aufstehen reibt er sich mit schmerzverzehrtem Gesicht maulend den Po. Langsam auf mich zu humpelnd verneigt er sich.

" Mein Herr, wir müssen uns um die Staatsgeschäfte kümmern! Draußen stehen die Bauern bereit."

Ich schaue ihn an ich habe eigentlich besseres zu tun jetzt als mich um Bauern und Dorfbewohner mit Problemen zu kümmern.

" Nagut schickt sie rein."

Das erste paar kommt auch so gleich vorgetreten und ich bin sehr überrascht, als Mareike und ihr Mann hereinkommen. Ich kann nicht anders als auf zu springen, zu ihnen zu laufen und erstmal beherzt beide zu umarmen.

" Na ihr beide wo drückt der Schuh?"

" Ach Hagen mein lieber, es ist so schön dich wieder zusehen. Seitdem ihr weg seid habe. Gobelins den Hof überfallen und wir sind seitdem obdachlos. Wir sind zu dir gekommen um deine versprochene Hilfe zu bitten." Ich rufe laut Nach Jeffrey, der auch sofort an der Tür bereitsteht.

" Bitte rufe mich Siegfried her. Danke dir"

Wir fühlen ein bisschen Smalltalk solange wir warten. Ich kann gar nicht sagen wie lange es dauert bis das mein General den Saal betritt.

" Mein König? Was kann ich machen."

" Endschuldige das du heute so viel um die Ohren hast. Bilde bitte eine gute Truppe, die Menschen im Grenzgebiet werden in Moment immer wieder von Monstern angegriffen.

Auch der Hof dieser beiden Lebensretter, ist in Moment von Goblins eingenommen."

" Goblins? Die trauen sich doch eigentlich nie über die Grenze?"

" Ja leider ist unser Hof nicht mehr bewohnbar, seit meine Frau und ich von einem Troll überrascht wurden, wird es immer schlimmer."

" Schickst du einen Trupp hin? Und lass einen der Soldaten bei ihnen, der Hilfe holen kann und auch so helfen kann sollte was sein?"

Ohne direkte Antwort verneigt er sich und wendet sich zur Tür.

" Ich werde gleich nochmal wieder kommen und berichten was aus der Suche würde."

" So ihr beiden man wird euch jetzt helfen Euer Hof ist bald wieder eurer."

Beide bedanken sich schon bald zu sehr. Und freudig gehen sie hinaus. Danach kamen noch 5 mir unbekannte Bürger, hauptsächlich sind es ein paar kleiner Streitereien die ich klären muss, aber es ist nur mal meine Aufgabe. Als die letzten zwei Streithähne den Thronsaal verlassen, kommen Anton und Siegfried herein getrabt. Noch beim auf mich zugehen, sehe ich das es erfolglos war.

" Wir haben sie nicht gefunden. Aber ein paar wachen haben eine Frau heute Nacht gesehen die

unsere Stadt mit einer Kutsche verlassen hat."
Anton wirkt genauso wie ich etwas gequält.

" Anton und Hagen, ich habe ein paar Späher
losgeschickt und zur Grenze sind zehn man auf
dem Weg um den Bauernhof wieder
einzunehmen."

" Wie sieht es denn aus mit den Boten die das
Land alarmieren sollen?"

" Bis jetzt haben die Boten die Siegfried
geschickt hat noch keine Antwort überbracht."

Wir diskutieren und noch eine ganze Weile bis
Diener im Schlepptau von Jeffrey an kommen und
uns ein Mittagsmahl servieren.

KAPITEL 15 -DIE JAGT-

Während wir essen und drüber fachsimpeln was wohl Alice mit Jenny machen wird, kommt einer der Diener herein. Verneigt sich und sagt,

" Meine Herren! Wir haben eine Spur. Zwei Bauer haben sie gesehen wie sie in Richtung Berge fahren."

Mit einem Dank springe ich auf.

" Sattelt mein Pferd und macht meine Rüstung bereit! Wir werden sie jagen! Ich will ihren Kopf! Sie hat uns alle belogen. Wegen ihr stand eine Armee vor der Tür und sie hat Jenny entführt. Hoffentlich hat sie ihr nichts angetan."

Meine Wut auf Alice ist so grenzenlos. Während ich das sage wird ein Wein Krug ein meiner Hand zu Bruchstücken. Ein paar Blutstropfen laufen mir über die Finger. Auch Anton sieht nicht gerade fröhlicher aus. Wir laufen in unsere

Zimmer und fangen an uns zu rüsten. Vier Diener helfen mir in die Rüstung, mein Schwert an meiner Seite und Wut in meinem Bauch. Als sie fertig sind lasse ich sie stehen und verlasse den Raum. Anton und Siegfried erwarten mich schon. Da sie sich ja nicht mehr umziehen müssen.

" Anton du bleibst besser hier! Sollten die gerufenen Soldaten eintreffen, muss jemand da sein der die Situation erklärt."

Ich sehe wie wenig ihm diese Ansage passt, aber auch dieses Gefühl das ich Recht habe. Er nickt mir kurz zu und lässt dabei seine Schultern sinken.

" Anton ich werde sie lebend hierher bringen es ist schließlich auch deine Rache."

" Ach mein König, mir geht es nicht um die Rache! Ich habe Alice vertraut und ich habe schon immer Gefühle für sie gehabt seit sie das erste Mal in Rath auftaucht ist."

Ich lege ihm meine Hand auf die Schulter, als sich sehe das eine Träne ihm über die Wange läuft.

" Wer konnte das auch ahnen! Aber wir werden sie finden das verspreche ich dir und sie wird ihre Strafe bekommen."

Ich weiß nicht ob meine Worte falsch gewählt sind oder einfach Situation zu viel ist, denn er muss weinen. Dennoch wendet er sich ab und geht in den Thronsaal. Jetzt aufzubrechen erscheint mir zwar falsch, denn ich muss eigentlich für ihn da sein. Aber sie jetzt zu finden und die Hoffnung das Jenny, meine Jenny lebend zurück kommt ist mir wichtiger. Daher nicke ich Siegfried zu und wir gehen die Treppe hinunter und hinaus in die Stadt. Unsere Pferde stehen bereit und vier weitere Soldaten sitzen auf ihren Pferden bereit.

" Männer! Euer König braucht euch! Reitet so schnell mit ihm wie eure Pferde euch tragen, beschütz ihn mit Leib und Seele und bringt die abtrünnige zurück."

Die vier Männer heben ihre Schwerter und Brüllen wie aus einer Kehle. >> Für unseren König und das Land! << Ohne weitere Worte steigen wir auf unsere Pferde zu ihnen und reiten durch die Stadt. Jeder der uns kommen sieht, geht entweder auf Seite oder verneigt sich tief. Das sind wohl die Vorteile des Königs. Ab und an ruft Siegfried der vorne wegreitet >> Platz da << und >> geht aus dem Weg! >> Lauft << Was auch seine Wirkung hat, da wir ungehindert bis zum Haupttor durchkommen. Als wir etwa fünf Minuten aus Stadt raus sind zeigt Siegfried uns an das wir kurzhalten sollen.

" Männer! Wir reiten zu den Bergen! Wir suchen nach Alice die wohl Jenny die Geliebte unseres Königs entführt hat! Wir wissen nicht genau wo sie sind und welche Gefahren auf uns warten! Aber seit vorsichtig! Mansche von euch wissen es nicht, aber Generalin Alice ist in unserer Stadt wohl bekannt als Assassinin Alice. Wenn wir auf sie treffen versuchen wir es natürlich unblutig zu Ende zu bringen! Wenn es aber nicht klappt, dann werden wir sie töten müssen, bevor sie uns umbringt."

Alle nicken und genau das unterstreicht noch einmal in welcher Gefahr sich Jenny wohl aufhält und meine Sorgen steigern sich erneut. Wir gehen in eine Formation, in dem wir von den vier Reitern in die Mitte genommen werden. Der schnelle Trab den wir angeschlagen haben lässt uns gut vorankommen. Immer wieder treffen wir auf Menschen aber bislang konnte uns noch keiner weiterhelfen. Wie sollen wir sie nur finden. Die Wut im Bauch lässt es kaum zu, dass ich mir die Landschaft anschaue. Die Wut die mich beherrscht kenne ich so gar nicht von mir und ich versuche mich trotzdem etwas umzuschauen. Direkt neben uns befindet sich ein Dichter Wald und auf der anderen Felder die durch ihr Korn goldfarben mit dem Wind hin und her wiegen. Mitten im Feld steht schräg eine einfache Handelskutsche verlassen da. Moment eine Kutsche? Sagte der Diener nicht das Alice, Jenny in so einer entführt hat?

" Siegfried, Männer! Die Kutsche da kann das die von Alice sein?"

Alle schauen in die Richtung in die ich Grade zeige. " Mein König ihr habt gute

Augen das muss ich euch lassen!"

Der Soldat der das sagte wendet sich uns zu.

" General sollen wir nachschauen?"

" Ja aber seid vorsichtig!"

Die vier Soldaten lösen sich aus der Gruppe und traben jetzt langsam auf die Kutsche zu. Ich habe ein komisches Gefühl und das scheint auch Siegfried zu haben.

" Hagen was denkt ihr? Ich erwarte das es eine Falle ist."

Ich nicke,

" Ja ich auch! Meinst du denn es ist gut die vier ohne Vorwarnung vorzuschicken."

" Nein, aber es ihnen zusagen bringt je nach falle nichts. Sie sind jetzt so oder so....."

Er wird unterbrochen als einer der Soldaten vom Pferd stürzt und schmerzverzehrt aufschreit. Allerdings reckt er eine Hand in die Höhe und zwei der andere springen zu ihm hin. Sie helfen ihm auf. Und einer von ihnen ruft uns etwas zu. Der letzte untersucht die Kutsche und ruft ebenfalls etwas. Anscheinend gibt es keine fallen oder wir haben sie noch nicht ausgelöst. Was allerdings mich und Siegfried nicht daran hindert zu ihnen aufzuschließen, wobei wir uns trennen. Ich reite direkt zur Kutsche, während Siegfried sich zu den drei Jungs gesellt. Ich schaue zu ihnen rüber die im Kreis um eine Stelle stehen und irgendwie geschockt schweigen, während ich um die Kutsche gehe und den Soldaten zu treffen.

" Was hast du gefunden!"

Er zeigt in die Kutsche in der ein blaues Kleid liegt! Dasselbe Kleid was Jenny getragen hat bevor wir uns Bett gegangen sind. Mein Herz fängt an schneller zu schlagen, als ich es genau betrachte und zwei großen Blutflecken sehe.

" Hagen! Ich glaube das hier solltest du Mal sehen!"

Die Worte von Siegfried reißen mich aus meine Schockstarre. Okey es ist nicht viel Blut das heißt also nicht das sie tot ist. Noch besteht die Chance das sie noch lebt! Ich wende mich um und gehe langsam auf die Jungs zu. Ich schaue auf den Boden um nicht doch in eine Falle zu geraten. Als ich bei den Soldaten ankomme, fällt alle Hoffnung von mir ab. Sie stehen vor einem Steinhaufen an dem ein Einfaches aus Stöcken geknüpftes Kreuz angebracht wurde. Ein Grab.

" Hagen das bedeutet nichts hier kann jeder liegen."

" Siegfried im Wagen liegt Jennys Kleid blutverschmiert. Ich habe die Hoffnung gehabt. Das sie noch lebt."

Ich Balle meine Fäuste und sinke auf die Knie! Vor Wut schreie ich los. Ich lasse meiner Wut und meiner Trauer vollen Lauf! Ich schreie nur, einfach schreien. Ich bin in meiner eigenen Welt. Ich sehe Jenny wie sie in der Mühle stürzt, ich sehe sie wie sie neben mir auf dem Pferd lacht und wie sie mit den Tieren spricht. Jetzt hier vor Ihrem Grab zu stehen und zu wissen, dass ich mich nicht verabschieden konnte. Zu wissen das sie nie wieder in meinen Armen liegen wird und zu wissen das ich die erste Frau, die ich je wirklich geliebt habe, nie wieder sehen oder hören werde ist untragbar. Entfernt höre ich wie Siegfried mit den Soldaten redet, doch es interessiert mich nicht. Wie können sie jetzt reden, Sie ist tot sie liegt hier begraben! Und ich werde sie nie wieder in meine Arme nehmen! Verstehen sie mich nicht?

" .....müssen los."

Aus meiner Lethargie löse ich mich langsam und fange wieder an zuzuhören.

" Was entschuldige ich konnte nicht mehr zuhören."

" Das kann ich verstehen aber wir müssen weiter!" Ich nicke und denke meinen Kopf.

" Weißt du Hagen, wir haben eine Tradition. Wenn wir an einem Grab stehen legen wir einen Stein drauf um den verstorbenen zu zeigen, dass wir da waren, wenn seine Seele sein Grab besuchen geht."

Er hebt einen kleinen Stein auf und um wie es mir zu zeigen, dass wie er es meint legt ehr ihn zu den anderen Steinen dazu. Ich selber überlege kurz nehme mein Schwert und haue es so fest mit der Klinge Voran das der eingearbeitete Edelstein zerbricht und ich ihn ebenso zu den Steinen legen kann und fange an zu Beten. Als wir aufsatteln erfahre ich von einem der Soldaten das die Kutsche ein Rad verloren hat. Und deswegen hiergeblieben ist. Wahrscheinlich ist Jenny daher zur lässt geworden und wurde aus dem Grund getötet und begraben.

" Hagen wir reiten zur Stadt zurück. Eine Kutsche zu verfolgen geht, aber eine flüchtende kampferprobe Frau durch Felder und Wälder zu jagen ist fast unmöglich!"

Ich nicke ihm zu und wir wenden die Pferde um wieder zur Stadt zurück zu kehren. Die Jagt ist also vorerst beendet! Der Weg zurück sollte eigentlich problemlos verlaufen.

Wenn nicht einer der Soldaten Hunger hätte. Siegfried und einer der Soldaten den er Bibber nennt zeigen ihre Bögen und gehen in den Wald, um etwas Essbares zu schießen. Wir haben nicht daran gedacht Vorrat einzupacken, jetzt im Nachhinein, was haben wir uns gedacht. Ohne Proviant und ohne sonst etwas auf eine Tagesreise zugehen. Nach etwa fünf Minuten brennt vor uns ein schönes Feuer. Und nach etwa 30 Minuten sehen wir die beiden auf uns zu rennen. Allerdings werden sie nicht langsamer und rennen an uns vorbei. Wir schauen ihnen nach und wundern uns über die Worte die sie am Vorbeilaufen uns zurufen. >> Lauft <<. Diese Worte im Verstand einem Sinn zuzuweisen. Fällt mir im ersten Moment schwer aber als der erste der Soldaten ebenfalls anfängt zu rennen. Springe ich auf und sehe kurz nach hinten. Der Grund für diese Flucht ist eine Rotte Wildschweine die gradewegs auf uns zustürmt.

" Mehr Infos! Siegfried mehr Infos!!!!"

Diese Worte bekomme ich grade so beim Rennen auch raus. Ich glaube ich bin in meinem ganzen Leben noch nie so sehr gerannt. Erst der Bär dann das. Kann nicht Mal ein Tag ohne Stress sein. Ich blicke über meine Schulter und sehe den anderen Soldaten ebenso rennen. Allerdings sind die Wildschweine nicht mehr zu sehen. Woraufhin ich stehen bleibe. Siegfried sie sind weg. Diesmal brauchen die Männer genauso lange wie ich um zu begreifen, was ich gesagt habe. Die Hände in die Knie stützen, Schnaufe ich durch. Oh Gott was ein Stress. Die anderen kommen schnaufend bei mir zum Stehen.

" Wie habt ihr das jetzt ausgelöst."

" Bibber ist gestolpert und viel auf einen Frischling. Danach sind wir gerannt und gerannt."

Langsam gehen wir zu unserem provisorisch angelegten Lager zurück. Das Feuer war zertreten und wahrscheinlich der Grund dafür, dass wir nicht weiterverfolgt wurden.

Unsere Pferde sind etwas auseinandergelaufen, aber sie sind noch da. Wir haben großes Glück, anscheinend ist auch keiner verletzt, aber Hunger haben wir alle nun keinen mehr.

Jeder geht sofort zu seinem Pferd und steigt auf. Wir traben wieder Richtung Stadt los. Idra ist schon jetzt von uns zu erkennen und auf den Feldern neben uns ist ein kleines Heer zu erkennen. Sie wurden auch von Siegfried sofort entdeckt.

" Scheiße Männer, das sind die Wappen des Nekromanten, lauft! Gebt Gas!"

Ohne dass es ein Kommando braucht Geben wir den Pferden sie Sporen und jagen zur Stadt. Immer wieder blicke ich zur Seite und schaue mir das Heer an.

Belagerungsmaschinen, Reiter und viel mehr Krieger wie beim letzten Mal, als sie vor meiner Stadt standen. Vor der Stadt ist noch niemand zu sehen. Aber umso näher wir kommen, desto mehr Trubel ist vor und in der Stadt zu sehen. Die Bogenschützen gehen bereits in Stellung und vor der Stadt sieht man viele Bürger hinein fliehen. Können wir nicht mal einen Tag haben der ohne Stress voran schreitet. Wir hetzen weiter und Jagen der Stadt entgegen. Wir haben zwar genug Vorsprung um rechtzeitig dort Zu sein, aber unsere Geschwindigkeit bleibt hoch. Mit lautem Hufschlag der bald wie Donner klingt preschen wir durchs Tor und reiten dabei fast Anton über den Haufen. Ich steige vom Pferd ab und drücke die Zügel einem Diener in die Hand und nehme selber mein Schwert ab, welches am Sattel befestigt ist. Siegfried brüllt direkt Befehle und sortiert seine Truppen.

" Anton gibt es was Neues? Außer die Armee die auf uns zumarschiert?"

" Nein hier war es ruhig bis wir sie entdeckt habe und habt ihr sie gefunden."

" Nein nicht ganz aber ich erkläre es später!"

Wir gehen hoch auf die Mauer. Und sehen wir die schwarze Masse die sich auf uns zu marschiert anfängt ein Lager aufzuschlagen.

KAPITEL 16 -DIE SCHLACHT-

Aus der Entfernung sah das feindliche Heer nicht so groß aus, wie jetzt von der Stadtmauer. Anton legt seine Hand auf meine Schulter.

" Hagen. Wir haben keine Chance! Das müssen 20.000 sein."

" Woher bloß hat er so viele Soldaten?"

" Rate einfach aber guter Tipp er ist der Nekromant! Ich glaube die Hälfte bis dreiviertel von ihnen sind keine lebenden Menschen!"   Mir Angst und bange.

" Was ist mit den angeforderten Soldaten?"

" Von zwanzig Boten kamen zwölf zurück sie alle brachten die Botschaft das man sofort beginnt sich zu sammeln, sie dürften bald hier eintreffen. Aber jetzt ist erstmal Zeit wichtig wir müssen verhandeln. Wir müssen zusehen das

wir uns hier stärken bevor es zur Schlacht
kommt."

" Was ist mit den Frauen? Können wir sie aus der
Stadt herausziehen? Ohne das etwas auffällt?
Und sag Mal haben wir eine Chance?"

" Ja die Frauen können wir durch den
Fluchttunnel evakuieren! Aber ohne Hilfe ohne
Verstärkung haben wir keine Chance und auch mit
der Verstärkung wird es schwer."

" Okey veranlasst ihre Flucht! Alle Männer die ein
Schwert halten können bleiben in der Stadt
sollte jemand sich aus der Stadt schmuggeln und
wenn er sich nur als Frau verkleidet, will ich
seinen Kopf! Ich hasse Feiglinge. Bringt sie bitte
zur Mühle sie dürfte weit genug weg sein."

Anton nickt und läuft zu den Dienern, die mit ihm
direkt in durch die Stadt eilen.

" Mein König und wie gehen wir vor?"

" Wir warten ab was man uns zu sagen hat und
vielleicht ist unsere Verstärkung bis dahin da."

Siegfried nickt.

" Aber da so viele feiner vor der Tür stehen
schicke ich einen boten von uns geht keiner mehr

da raus. Einen Offizier habe ich der sehr gut im Verhandeln ist. Ich werde ihn gleich Informieren!"

Der Blick auf das Heer was sich zum Kampf bereit macht, war am Tag meine Krönung schon beeindruckend. Doch jetzt ist es überwältigend.

" Siegfried? Sag Mal wie hoch ist unsere Truppenstärke?"

" Wir haben etwa eintausend Soldaten und noch genauso viele bewaffnete

Einwohner. Ohne die Frauen mit zu zählen."

Mein einziger Gedanke ist, wir sind im Arsch und ich glaube das derselbe Gedanke auch Siegfried im Griff hat. Er schaut ohne Unterlass auf den Waldrand in Richtung Grünes Dorf. Er wartet auf die Verstärkung.

" Auf wie viel Verstärkung können wir hoffe?"

" Hmm schwer zu sagen. In Rath sind etwa 5000 tausend Soldaten stationiert und dann sind da noch drei weitere Garnisonen in der Hafenstadt Trusk das heißt 500 Mann und die Kaserne bei den Bergen auch dort 500 Mann, aber sie wird dieser Horde schon nicht gewachsen gewesen sein. Und je nach dem wie viele Bürger sich anschließen kommen wir auf ca. 7-8 tausend Kämpfern. Wir haben also nur eine Chance, wenn sie zu uns stoßen und dafür ist es wahrscheinlich schon zu spät."

Die schwarze Wand, die sich vor uns auftut scheint der Tod selbst zu sein.

" Hagen siehst du das?"

Er deutet auf einen Punkt in der Ferne, in mitten der Meute.

" Sie bauen Trebuchets auf, diesen Steinschleudern können unsere Mauern im nu niederreißen."

" Macht die Männer kampfbereit! Ich glaube nicht, dass sie verhandeln wollen."

Ein klacken kündigt an das, dass Stahlgitter hochgezogen wird. Ich lehne mich über die Brüstung und sehe 8 berittene Soldaten die von einem Offizier an geführt werden. Und vor der Stadt in Stellung gehen.

" Siegfried Ruf sie zurück sie werden alle Ster....."

Doch mein Ausruf war zu spät. Kaum waren sie durchs Tor, fliegen aus der Menge der schwarzen auch schon Pfeile. Das klatschen der Pfeile auf Sand

Stein und Fleisch in Kombination mit den schreien der tödlich verwundeten Soldaten ist wie der Ausruf das die Schlacht beginnt. Die ersten Trupps der schwarzen bewegen sich nun auf uns zu. Das donnern ihrer Schritte hallt an den Mauern ab und wirkt wie ein Kriegsschrei der unsere Truppen zum Erstarren bringt.

" Schließt alle Tore! Besetzt die Mauern! Werft die Leitern um und steckt die Gegner in Brand."

Mit erhobenem Schwert rennt Siegfried die Mauer entlang und erteilt Befehle. Ein Soldat der hinter mir steht reicht mich einen Helm. Der mich auch gleich dazu bereitet meine Truppen anzufeuern.

" Heute werden wir nicht sterben! Heute gehen wir in die Geschichte ein und werden den Nekromanten vernichten!"

Ein lautes Jaaaaaa! Halt durch die ganze Stadt und die ersten Pfeile fliegen von den Dächern in die Menge der Gegner!

" Haltet die Tore haltet die Mauern!!!!"

Die an rennenden Truppen des Feindes stürmen immer weiter auf uns zu. Vereinzelnd treffen unsere Pfeile und der eine oder andere genügender fällt zu Boden. Dann treffen sie auf die Mauern. Die ersten Leitern landen an der Mauer und Soldaten und Bürger stoßen sie um, aber es sind zu viele. Der ein oder andere Soldat von uns wirft brennende Kohle auf die Gegner oder ganze Öllampen, die wie ein Molotov-Cocktail zwischen den

Gegnern explodieren. Ein Soldat von uns brüllt plötzlich >> Ramme! Sie haben eine Ramme << . Siegfried und ich die noch dabei sind Leitern abzuwehren, blicken nach unten und sehen einen Karren mit einem Holzstamm der vor unserem Tor in Stellung gebracht wird.

" Setzt ihn in Brand! Sie dürfen nicht in die Burg schließt die Verbindungstore schützt die Stadt!"

Siegfried ist Soldat durch und durch. Während ich mir Gedanken mache, weiß er schon genau was zu tun ist. Die Ramme donnert auf das Tor und Kohlebehälter und Öl wird über die Ramme gegossen, das schreien der verbrennenden Soldaten geht durch Mark und Bein. Doch dann ertönt ein Horn! Mein Blick wandert in die Menge der schwarzen bei denen Panik ausbricht. Die Soldaten die Grade noch die Mauern anstürmen, wenden sich an und flüchten zu ihrem Heer aus unserer Reichweite. Über die Mauern hallt ein sie kommen und sie sind da! Woraufhin mein Blick zum Wald wandert der jetzt von Fackeln hell erleuchtet ist. Im Schein der Fackeln ist unsere Verstärkung zu sehen! Durch den Wald ist die Truppenstärke kaum zu erkennen! Dann trifft mich der Blitz!

" Soldaten macht euch bereit wir Rücken aus!"

Dieser Befehl kommt sofort überall an und wird durch die ganze Stadt weitergetragen. Ich Rutsche mit einem Satz die Leiter hinunter und schnappe mir Atlas der immer noch im Vorhof angebunden ist und steige auf.

" Los Männer nehmen wir sie in die Zange!"

Mit lautem klacken öffnet sich das Stahlgittertor und die Truppen folgen mir vor die

Stadt. Den Feind jetzt zu schlagen, noch bevor eines dieser Katapulte fertig ist, ist ein Trumpf den wir jetzt ausspielen müssen! Schild Träger stehen vor uns und bilden eine neue Mauer.

Unsere tausend Mann die jetzt hinter den Schilden in Aufstellung gehen. Haben wohl genauso eine einschüchternde Wirkung, wie zunächst die Männer im Wald Als dann auch noch Siegfried ein Horn belässt und die Antwort auch aus dem Wald erneut wieder hallt, ist unser Feind vollends demoralisiert. Ein Teil unserer Gegner flüchtet und die Schlachtordnung in den gegnerischen Reihen ist vollständig dahin.

" Bogenschützen! Feuert was das Zeug hält!"

Kaum ist der Befehl gebrüllt, fliegen schon hunderte von Pfeilen über uns hinweg. Die gegnerischen Befehle die man ab und an hört sind nicht zu identifizieren, immer mehr Feinde fallen dem Pfeilhagel zum Opfer und jetzt nutze ich die Chance.

" Zieht eure Schwerter! Zeigen wir ihnen, wer die Herren von Idra sind und schickt sie in die nächste Welt!"

Wieder kommt wie aus einer Kehle mit erhobenen Schwertern ein gebrülltes >> Jaaaa<< und schon stürmen unsere Soldaten, der chaotischen Streitordnung entgegen! Der Aufprall unserer Soldaten klingt wie eine Explosion.

" Hagen, Versuche zu der Flagge zu kommen! Da müsste sich der Nekromant aufhalten!"

Ich nicke ihm kurz zu und gehe jetzt auch selber in die Schlacht! Ich ziehe mein Schwert und renne in Richtung der Flagge! Aus dem Wald tauchen jetzt auch mehr und Flaggen auf und Rücken den Besatzern entgegen. Die ersten Feinde fallen durch mein Schwert. Der Schmatz laut den mein Schwert bei den ungerösteten Soldaten hinterlässt, habe ich selber nicht erwartet. Plötzlich ein lauter Knall, ein Stein fliegt von einer Trebuchet in Richtung Stadt. Donnernd schlägt der Stein in der Mauer ein und hinterlässt ein manngroßes Loch in der Mauer. Diese Ablenkung hat gereicht, ein stechender Schmerz zieht durch meinen Arm. Ein Gegner steht vor mir und hebt erneut das schwer nach dem er mir eine böse Wunde zugefügt hat. Ich stolpere ein Schritt zurück, und stolpere über einen gefallenen Soldaten zu Boden. Er lacht los und ich bin mir nicht mal sicher ob er ein Mensch ist er geht einen Schritt vor und hebt sein Schwert erneut. Doch dann hält er inne und ich sehe einen Pfeil in seiner Brust. Ich stehe ruckartig auf und sehe noch wie dieser Feind zu Boden geht. Erst jetzt wird mir bewusst wie viele hier sterben. Ich fasse an meine Schulter und sehe das Blut. Wütend Mähe ich jetzt durch die feindlichen Truppen. Schlag um Schlag kämpfe ich mich durch die Reihen und sehe auch die Schlacht um mich herum. Speere, Pfeile und Schwerter donnern auf Schilde Rüstungen oder ins Fleisch, aber ich habe ein Ziel. Ich komme der Flagge immer Nähe bis ich ihn sehe. Der alte Mann kämpft wie im Rausch und ich Stürme auf ihn zu. Als ich in seiner Reichweite bin. Wendet der Nekromant sich von seiner Schlacht ab und mir zu.

" Mach dich bereit zu sterben! Du selber hast uns Zeit gelassen sie auszuliefern und hältst dich nicht an deine Worte!"

" Ihr habt doch mich zuerst angegriffen! Ihr habt Truppen in die Berge geschickt die hunderte abgeschlachtet haben! Ein ganzes Dorf habt ihr in Brand gesteckt."

Unsere Schwerter prallen aufeinander.

" Wir? Wir haben die Zeit damit verbracht. Deine Tochter zu suchen! Die in der Nacht uns verlassen hat und meine geliebte entführt und so wie es aussieht auch getötet!"

" Was? Und wer hat uns dann angegriffen?"

Ich schwinge jetzt mein Schwert und treffe ihn hart an seiner Rüstung, so dass er zu beiden geht und ich denke meine Schwertspitze an seine Kehle.

" Das wird wohl deine Tochter sein und wenn ich sie in die Finger bekommen rollt ihr Kopf bis in die schwarzen Landen."

" Halte ein! Wir ziehen uns zurück!"

" Oh nein! Ihr setzt euch jetzt mit uns an einen Tisch und wir werden reden!"

Wie aus einer Stimme! Brüllen wir beide,

" Waffen weg die Schlacht ist vorbei!"

Unser Befehl halt durch die Menge und wird von allen Seiten wieder gegeben. Das Jubeln der Truppen halt jetzt durch die Menge. Wohl in der Annahme, dass der Nekromant gefallen ist. Seite an Seite gehen wir durch die Truppen zum Stadttor.

" Truppen versammelt euch!"

Es dauert nicht lange bis wir umringt sind von allen Soldaten. Der Blick über die Menge zeigt den Schaden den wir alle erlitten haben.

" Männer der Schlacht ist vorbei! Sammelt euch kümmert euch um die verletzten und Sammelt eure Toten! Wir haben neues Ziel und für Erklärungen ist jetzt nicht die Zeit!"

Auch der Nekromant spricht nun.

" Männer baut ein Lager auf und zerlegt die Kriegsmaschinen! Wir müssen uns neuformieren und wir müssen einiges nun besprechen!"

Ich schaue mich in der Menge um und halte Ausschau nach Siegfried.

" Wo ist General Siegfried! Siegfried komm her."

Doch keine Reaktion, bis sich die Menge teilt und einen Mann auf einem Schild von 4 Soldaten zu uns getragen wird. Es ist Siegfried, dem ein Speer durch die Schulter gestoßen wurde. Man legt ihn vor mir ab und wie es sich gehört nehme ich vor dem Toten meinen Helm ab. Doch halt! Er atmet noch worauf hin ich seine Hand ergreife.

" Siegfried! Halte durch!"

Stöhnend antwortet er,

255

" Nein..... Hagen das war..... Meine letzte Schlacht..... Du wirst ein guter König.....

Ich bereue nur das ich das..... Nicht mehr erleben werde."

Kaum sind die Worte ausgesprochen wird seine Hand schwach und gleitet mir aus der Hand. Wie schon beim grünen Dorf fangen alle hier an zu singen. Beeindruckend ist das selbst die schwarzen Soldaten des Nekromanten einstimmen. Die eben noch in der Schlacht gekämpft haben, sind jetzt eine Einheit. Wobei sich jetzt aus der Menge vier Männer lösen die auf uns zu kommen. Alle vier sind wie ich in prunkvolle Rüstungen gekleidet. Wie sich zeigt sind es die militärischen Führer der Verstärkung. Die sich jetzt zu uns gesellen. Als das Lied verklingt, brüllt einer der Generäle,

" Männer errichtet ein Lager und bestattet die toten diese Schlacht ist zwar vorbei, aber sie sollen nicht sinnlos und ehren los gestorben sein! Seht es als großen Sieg an."

Ich nicke ihm zu.

" Folgt mir in die Stadt wir haben etwas zu besprechen."

KAPITEL 17 -DER SCHWARZE PALAST-

Nach wenigen Minuten sitzen wir alle zusammen im Thronsaal und diskutieren. " Also meine Tochter hat deine Geliebte entführt? Das klingt ganz nach ihr, ja!"

Der Nekromant schaut auf den Brief und seufzt.

"Aber wo hält sie sich jetzt auf?"

" Sie wird wohl meine Festung besetzt haben, jetzt wo alle meine Soldaten hier sind!"

" Dann müssen wir sie zur Strecke bringen!" Bei diesem Punkt sind wir uns einig!

" Wenn wir sie in die Finger bekommen! Werde ich sie persönlich hinrichten, hier auf dem Dorfplatz. Aber für heute sollten wir alle rasten, heute wurde genug Blut vergossen und es ist spät!"

Von allen beteiligten kommt Zustimmung und wir verabreden uns für morgen früh hier zum Frühstück um alles weiter zu besprechen. Die

Nacht war chaotisch, vor der Stadt wurde viel und lange gefeiert und auch in der Stadt was durch seine Lautstärke kaum Schlaf zugelassen hat, aber auch ohne Jenny ist das Bett viel zu leer, um zu schlafen. Nach etwa 3 Stunden schlafe ich dann doch ein und meine Träume drehen sich um Jenny. Ich sehe sie unter einem Baum stehen und sie entschuldigt sich. Total verschwitzt wache ich auf. Die

Sonne ist grade dabei aufzugehen, was mich veranlasst wieder in meine Klamotten zu steigen und in den Thronsaal zu gehen. Anton sitze schon da und auch zwei der Generäle.

" Guten Morgen Hagen! Das nächste Mal wäre es voll nett, wenn ihr nach der Schlacht

Bescheid sagt und die Frauen wieder zurückholt."

" Es tut mir leid, Anton! Nach der Schlacht hatten wir viel zu bereden."

 Als der Nekromant den Raum betritt, verändert sich gleich die Stimmung. Der Gesichtsausdruck von Anton wechselt von Weiß-Grau zu Wutrot.

" Was macht der denn hier!"

" Anton warte es ist anders als du denkst! Der Nekromant ist nicht unser Feind!"

" Nach dem was er mir damals angetan hat?"

Der Nekromant schaut Anton an, bis ihn die Erkenntnis trifft.

" Du bist der junge Mann aus dem Krankenhaus! Oder?"

" Ahhh der Mörder erkennt mich!"

" Mörder?"

 Jetzt ist der Nekromant wütend,

" Denk Mal nach! Ich habe versucht euch zu helfen als meine Tochter

Experimente an euch durchgeführt hat!"

" Ich selber habe dich betäubt als sie dir bei lebendigem Leib deine Organe entnommen hat. Ich habe deine Fesseln gelöst! Damit du dich erhängen konntest. Ich habe immer wieder versucht dir zu helfen und habe sogar, wenn sie dich Mal wieder ausgelacht hat, in dein Zimmer gebracht."

Die Erkenntnis trifft voll ins Schwarze. Man sieht ihm an das er genau weiß das der

Nekromant Recht hat. Keiner von beiden sagt mehr ein Wort, obwohl ich Anton auch ansehe, dass er mehr Fach danke sagen will. Nach und nach kommen immer mehr der Offiziere zu uns an den Tisch. Wo bereits die Diener angefangen das Frühstück aufzutragen. Der Nekromant meldet sich beim Essen dann als erster zu Wort.

" Ich denke der Plan wird sein wir bilden eine Elite Streitmacht und greifen denn schwarzen Palast direkt an und machen sie platt?"

" Meint ihr das wird so einfach?" Meldet sich einer der Offiziere.

" Ja wird es der Palast ist schwach, wenn keine Soldaten ihn bewachen und alle

Soldaten sind hier! Meine Tochter ist alleine! Und sie hat vielleicht eine Handvoll Soldaten."

" Dann würde ich sagen es ist beschlossen!"

Wow. Anton und der Nekromant verstehen sich!

" Männer! Beschlossen wir brauchen kaum Männer mitnehmen! Der Nekromant hat sein Heer schon hier! Lasst uns aufbrechen!"

Wir brauchen nicht lange um uns zurüsten und Abmarsch bereit zu machen. Wir stehen vor dem

Tor und verkünden den schwarzen Truppen unser Ziel und marschieren los. Dieses Mal zu Fuß, und mit einer Armee im Rücken fühlt man sich ausnahmsweise in diesem Land Mal sicher. Aber ich muss einfach Fragen,

" Hey Nekromant, wie heißt du eigentlich?"

" Mein Name ist Josef!" Anton fängt an zu lachen.

" Soso wir haben also die Namen getauscht? Vor meinem Tod war ich Josef, Josef Maier! Und ich nenne mich, seit meinem Tod, Anton. Ich wollte mich erinnern, wer mich getötet hat."

" Und ich wollte mich an den Mann erinnern der meiner Tochter so lange standgehalten hat."

" Warum nennt man dich denn den Nekromanten?" Jetzt lacht er los.

" Euch, mein König ist also aufgefallen, dass ich keine Leichen zum Leben erwecken kann. Naja das ist nur die halbe Wahrheit! Ich bin wie ihr wisst Arzt und als ich hier an kam floh ich aus den schwarzen Landen und ging in ein paar Städte, um mir als Arzt einen Namen zu machen. Nach dem ich ein Paar an der

Pest erkrankten Kindern ihr Leben rettete und auch den ein oder anderen vor Tödlichen Wunden gerettet habe, verbreitete sich das Gerücht ich würde tote wiedererwecken. Woraufhin ich in die Berge fliehen musste. Da man anfing mich zu Jagen."

Die Geschichte dieses Menschen ist interessanter als ich dachte.

" Aber wieso bist du in das schwarze Land gekommen obwohl du dich doch erschossen hast?"

" Ich habe mehrere Patienten meiner Tochter mit spritzen erlöst. Morde bleiben eben Morde und ich bereue sie zutiefst."

Wir kommen an der zerstörten Kutsche vorbei und am Grab. Ach Jenny du fehlst mir so! Aber wir halten dieses Mal nicht an um ihr zu gedenken. Auf dem Rückweg werden wir halten doch jetzt wo wir die Flanken der Berge sehen können und auf dem Weg sind zur letzten Schlacht! Gegen Alice die Verräterin, Alice die Mörderin! Alice das Monster! Ich habe viel von ihr gelernt und sie hat mich einfach betrogen, betrogen und belogen! Die Gedanken der Wut, kreisen sich immer mehr um diese Letzte

Schlacht. Der Weg in die Berge, kam mir beim letzten Mal viel länger vor und der Weg durch die Berge ist sehr interessant. Kristalle und schwarzer Stein sorgen für einen ganz speziellen Licht Wechsel.

Ab und an sieht man Wild Blumen und auch die ein oder andere Bergziege. Ich will Grade Fragen wie weit der Weg noch ist als Josef sagt.

" Seht da! Willkommen am schwarzen Palast."

Die letzten Meter zum Tor marschieren wir mit strammen Schritten und nur ein Soldat steht vorm Eingang.

" HALT! meine Lords ich bin Asrael und ich bin der letzte Überlebende! und lebe nur um eine Nachricht zu überbringen."

" Welche Nachricht?"

Befehle ich in aggressiven Ton!

" Sie wusste das ihr kommt um sie zu holen! Aber sie hat eine bitte. Wenn ihr die

Schwerter kreuzen wollt dann will sie ein Duell gegen euch alleine mein König."

Ich drehe mich zur Menge um und schaue Anton und Josef an. Worauf Anton auf mich zu geht.

" Hagen es gibt eine goldene Regel. Wird zum Duell aufgefordert und die

Herausforderung wird angenommen, dann kämpfen beide alleine und der Verlierer muss sterben. Wodurch der Sieger nicht angetastet werden darf. So werden kriege beendet und ganze Armeen geschlagen. Wenn du verlierst dann verlieren wir alle!"

" Wisst ihr was? Ich nehme an!"

KAPITEL 18 – DER LETZTE KAMPF-

Ohne auf die anderen zu achten, ziehe ich mein Schwert und marschiere in den Palasthof. Als ich etwa 10 Schritte hinein gemacht habe Brülle ich so laut, dass es Jeder hören muss.

" Komm raus! Bringen wir es zu Ende!"

Ich schaue mich um und entdecke sie an einem Brunnen, der in einer Ecke versteckt ist. Sie ist es, denn da steht eine schwarz vermummte Gestalt. Und blickt zu mir rüber.

" Bist du bereit zu sterben? Du wirst für deine Verbrechen Büßen! Also lass es uns zu Ende bringen!"

Sie rennt los und zieht dabei ein schmales Schwert. Gerade noch kann ich mein Schwert hochziehen und ihre Klinge abwehren. Ihr Schlag war so fest, dass ich ihren Schlag bis in den Oberarm spüren kann. Jetzt hole ich aus und schlage unbeholfen in ihre Richtung. Sie kann aber problemlos ausweichen und gibt mir dabei einen Tritt der mich in den Staub fallen lässt. Ich greife in den Staub und drehe mich auf den Rücken. Sie holt erneut auf und ich werfe ihr den Staub in die Augen, was mir genau die Zeit gibt, um wieder aufzustehen und mein Schwert ordentlich zu greifen.

" Willst du nicht mit mir reden? Schließlich waren wir Freunde! Wir waren Freunde seitdem ich hier bin!"

Ohne ein Wort schlägt sie zu. Ihr Schwert prescht von oben auf mich herab und prallt mit voller Wucht auf mein Schwert, und lässt mich wieder auf die Knie sinken was ich ihr nun gleichtue. Ich nutze die Bewegung aus den knieen und schlage aufwärts ihr entgegen. Dieses Mal kann sie nicht ausweichen und ich treffe sie heftig an der Schulter, so dass ihr Blut durch mein Schwert ihr in die Augen spritzt. Sie geht zwei Schritte rückwärts und fasst sich an die Wunde. Ich hole erneut aus aber habe nicht damit gerechnet, dass sie ihr Schwert erneut hochschnellen lässt. Und durch mein Gesicht fegt. Meine Sicht ist getrübt und der stechende Schmerz frisst sich durch meinen Körper. Ich fühle wie das Blut mir über die Wange läuft und schreie auf vor Schmerz. Mein

Auge.... Sie hat mich genau am Auge getroffen und ich kann kaum noch etwas erkennen. Ich schaue mich mit meinem verbliebenen Auge um und sehe sie schnaufend vor mir stehen. Ein letztes Mal Stürme ich auf sie zu, als sie ihr Schwert erhebt und wehre erst ihren Schlag ab und gebe ihr einen Tritt wodurch sie nach hinten stürzt und ihr Schwert verliert. Ich stelle mich über sie und halte ihr mein Schwert an die Kehle.

" Alice Nehme jetzt deine Maske ab! Ich will dein Gesicht sehen während ich dich töte!"

Daraufhin fängt sie an zu lachen. Aber die Stimme... Ich muss schlucken.

" Du..... Bist......"

Ich kann es nicht aussprechen bis sie den Schal entfernt und ich in Jennys Augen blicke. Vor Wut und Trauer vor Frust und Entsetzen schreie ich auf. Dieser Schrei geht durch Mark und Bein.

" Jenny? Wieso? Warum?" Sie lacht wieder.

" Ach Hagen mein liebster! Ich liebe diese Spiele! Du warst ein toller Liebhaber. Aber leider konnte

267

ich dein Leben nicht schneller beenden! Ich wollte dich vergiften und schauen wie lange du brauchst bis das du in meinen Armen stirbst. Doch dann wollt ihr meinen Vater herholen er hätte mich sofort erkannt." Wieder lacht sie los!

" Und warum hast du Alice getötet?"

" Sie getötet? Sie hat gesehen als ich aus der Stadt schleichen wollte. Ich habe sie KO geschlagen und mitgeschleppt. Und dann ging der Karren kaputt der scheiß Kutscher den ich zum Spaß entführt habe brach sich sein dummes Genick als unser Rad brach! Daher habe ich sie hierher geschleift!"

" Alice lebt?"

" Sie sitzt im Kerker aber jetzt genug! Bringen wir es zu Ende!"

Unbemerkt von mir hat sie aus ihrer Hose ein Messer gezogen und sticht es in mein Bein. Ganz aus Reflex steche ich zu so dass ihr Kopf von ihrem Hals getrennt wird. Mehr aus Trauer breche ich heulend über ihrem Leblosen Körper zusammen. Meine erste große liebe und sie ist eine Mörderin. Das Schwert hinter mir her schleifend gehe ich durch das Tor auf Anton zu. Der mich mit Entsetzen anschaut. Mit letzter Kraft stütze ich mich auf ihn und flüsterte,

" Alice sitzt im Kerker, Jenny... Jenny war seine Tochter... Rette Alice und Bring sie nach Hause."

Nach diesen Worten wird mir schwarz vor Augen und ich breche bewusstlos zusammen.

Zwei Wochen später: Meine Wunden sind soweit verheilt und die Wut ist Trauer und dann

Gleichgültigkeit gewichen. In diesem letzten Kampf habe ich mein Auge verloren. Doch den Krieg gewonnen. Aber war es das wert? Mittlerweile habe ich mich ans da sein als König gewöhnt. Mit Josef habe ich ein freundschaftliches Verhältnis und das Militär patrouilliert an der gesamten Grenze zu den schwarzen Landen. Ab und an gibt es kleiner kämpfe aber ansonsten ist es sicher geworden. Bis zu dem Tag an dem....

AUTOR

Hey ich bin Andre

Als ich diese Geschichte verfasst habe, bin ich
34 Jahre alt und komme aus Mönchengladbach.
Ich wollte mir selber beweisen, dass man mit
kleinen Zielen eine ganze Welt erschaffen kann
und du kannst das auch! Also hab den Mut deine
eigene Welt zu schaffen!

DANKSAGUNG

Ich bin Andre, Mein Leben verläuft nicht immer
in guten Bahnen. Daher ist es schön, wenn man
sich in eine Welt hinein fantasieren kann. Daher
kann ich jedem raten, jeder soll seine eigene
Geschichte leben und seine Fantasie freilassen,
denn sie ist der genauso Teil deines Lebens, wie
der ganz normale Alltag. Deswegen möchte ich
mich bedanken. Ich habe so viel Hilfe bekommen.
Soviel Anregung und so viel Unterstützung
erhalten.

Danke an euch Alle.